U0840696

蒋寅　主编

诗词麻辣烫

SHICI MALATANG

钟振振　著

河北出版传媒集团
河北人民出版社
石家庄

图书在版编目（CIP）数据

诗词麻辣烫 / 钟振振著. -- 石家庄 : 河北人民出版社, 2022.11
（大学者小文章丛书 / 蒋寅主编）
ISBN 978-7-202-15944-6

Ⅰ. ①诗… Ⅱ. ①钟… Ⅲ. ①诗词－诗歌创作－中国 Ⅳ. ①I207.2

中国版本图书馆CIP数据核字(2022)第180049号

丛书名　大学者小文章丛书
丛书主编　蒋　寅
书　名　诗词麻辣烫
著　者　钟振振

选题策划　王斌贤　王　静
责任编辑　李　耘
美术编辑　李　欣
责任校对　余尚敏

出版发行　河北出版传媒集团　河北人民出版社
（石家庄市友谊北大街 330 号）
印　刷　河北新华第一印刷有限责任公司
开　本　850 毫米×1168 毫米　1/32
印　张　8.5
字　数　179 000
版　次　2022 年 11 月第 1 版　2022 年 11 月第 1 次印刷
书　号　ISBN 978-7-202-15944-6
定　价　55.00 元

鍾振振

1950 年生。南京师范大学教授，博士生导师。中国韵文学会名誉会长。中华诗词学会顾问。曾应邀赴俄罗斯、美国、德国、澳大利亚、韩国、新加坡、马来西亚等国各大学及文教团体讲学。诗词、赋、古文、楹联作品多勒石、铸鼎、镌刻，树立或悬挂于各地名胜。多次在海内外诗词、楹联大赛中获特等奖、一等奖等最高级奖项。

文化快餐时代的古典文学阅读

进入21世纪，伴随着高速的经济增长给社会带来的相对富裕，全民的文化需求也像旺盛的物质需求一样蓬勃高涨。教育水平的普遍提高也在无形中滋养了这种需求。当央视的《百家讲坛》和《中国诗词大会》迅速创下令人惊讶的收视率后，学界和出版界开始意识到一个文史知识的巨大市场已悄然形成。

不过，同时也可以想见，一个满足大众消费的巨大市场，很难成为精致文化产品和高雅文化品味的流行场域。公众文化水准的标尺决定了文化产品的基线，都市快节奏的生活也圈定了文化消费品的形态。当美团外卖越来越占据我们的餐桌时，简单粗浅的文化制品也在占满手机、电视屏幕和各种纸媒。简、粗、快的特性，不再只意味着品质，更意味着风格和时尚；不再只体现为餐食的潮流，也将成为主流文化的标签。快餐的时代，需要配备快餐的文化，一如炸鸡搭配孜然、椒盐，薯条搭配番茄沙司。

进入21世纪以来，古典文学首先充当了文化快餐的素材。央视《百家讲坛》《中国诗词大会》等节目，凭借现代传媒的巨大影响力，在迎合社会对传统文化的旺盛需求之余，也将古典文学的普及和传播引向快餐化的方向。应该肯定，视听媒体对古典文学作品的普及和传播是功不可没的，如果它寓教于乐的形式能引起社会对古典文学的兴趣和关注，更是善莫大焉。但现实却是，快速、简单、平面的视听接受排挤了传统的阅读，造成大众对书籍的疏远，甚至消解了20世纪80年代鉴赏辞典热所燃起的阅读热情，这就值得我们警惕了。视听取代阅读，不只是简单的文化接受方式改变的问题，从某种意义上说也可能是文化繁荣表象下潜藏的一个危机。手机、电视这些视听媒体无疑有着声画兼容、形象生动的优长，但其传播的瞬态方式同时也带来平面化、肤浅化的弊端。当被动的视听取代了自主的涵泳玩味之后，人们会安然满足于享受视听之愉，而将书卷束之高阁，不再有深入阅读的意愿。这不能不说是非常可惜的。我突然想起现代京剧《龙江颂》里江水英的这句台词："巴掌山挡住了你的双眼！"

调查显示，我国国民的平均阅读量在世界上排名一直比较靠后。国民平均阅读量最高的国家是以色列，达到人均每年64本。而据中国新闻出版研究院发布的国民阅读调查报告，2019年我国成年国民人均纸质书阅读量为4.65本。2021年虽有所增长，提高到4.76本，仍远远低于欧美及日韩等国家。近年来B站、抖音等网络新媒体的爆红，更挤压了国人的阅读空间，导致人均纸质阅读量愈益走低。国民人均阅读量的这种差距，直接与软实力的差距相对应，显示出当前我国文化发展相对于经济发展的滞后，这反过来又会影响到经济发展和社会文明进步。

这少得可怜的国民人均阅读量，不只是国民素质的问题，它也折射出教育的缺失、出版的缺陷，在某种程度上更与学者的写作意识相关。如何为广大读者提供更好的读物，以弥补视听媒体平面化、快餐化的接受所带来的缺陷，是摆在学界面前的重要任务，凡我学人莫不与有责焉。为此，当河北人民出版社王静编审嘱我策划一套面向古典文学爱好者、在普及的基础上提供延伸阅读的小丛书时，我欣然应允，并立即驰函邀约一批学界同道共襄盛举。所谓同声相应、同气相求，很快第一批书稿就确定下来。

关于丛书的命名，我本来倾向于用“大学问小文章”，但社方觉得“大学者小文章”更为醒目，我和各位作者力争不遂，只得妥协由之，等着分谤。从私心来讲，如果我只是一个主持人而不是作者，我也很乐意使用现在的名字。这些作者在各自的研究领域应该都当得起大学者之称，而小文章则取大著作的残墨余沛之意。总之，这套丛书是面向喜爱古典文学的朋友，供大家进一步延伸阅读的补充读物。各位作者都是多年研究古典文学、术业有专攻的专家，略开腹笥，出其绪余，即便是大学问的点滴余沥，也凝聚着涵泳沉思的心得，闪现着学术睿智的灵光，好似陈年老酒，酌其一勺，也固有醉人的醇香。这就是我所谓的“大学问小文章”的意趣——大学问是我们研究的对象，我们从事的工作，小文章则指写作文体的灵活多样，相比学术论著、高头讲章更显得深入浅出，平易近人，相信不仅古典文学爱好者能够从中汲取许多真知灼见，就是文史专业学生读后也能获得一些启示，体会到其中的学术含量。我们希望得到广大读者的欣赏，同时当然也期待专家的批评。

蒋　寅

2022 年 10 月 15 日于花城信可乐斋

目录

MULU

中华诗词是中华民族优秀的文化基因

中国是诗歌的国度，中华民族是诗性的民族，是有诗意的民族。传统诗歌（广义的诗歌包括词在内）是中华民族优秀的文化基因。

诗是什么？诗是一种表达方式。说得通俗一点，就是“说话”。你有思想，有感情，有生活，有喜怒哀乐，愿意与他人交流，愿意与他人分享，就要“说话”；或者，你有意见、建议与诉求，也要“说话”。不同的是，普通的“说话”，我说，你听；我说清楚了，你听明白了，“说话”的任务就完成了。而诗，则是用更凝练、更审美、更优雅、更睿智、更有技术含量，从而也更高级的语言或方式来“说话”。能用诗来“说话”的民族，一定是更文明、更有智慧、更有文化修养和文化品位的民族。

我们中华民族，正是这样的一个民族，不仅仅勤劳、勇敢而已。

至迟，上古时代的唐尧时期，距今 4500 年左右，已经有诗。如《击壤歌》:“日出而作，日入而息。凿井而饮，耕田而食。帝力于我何有哉!”如果说它出自后人的记录，还不足以凭信的话，那么，2500年前，孔子编定的《诗经》，中国第一部诗歌总集，凿凿可据，不容置疑。其中有西周初年的作品，距今已3000多年了。其所达到的艺术高度，令人叹为观止。“蒹葭苍苍，白露为霜。所谓伊人，在水一方。”“昔我往矣，杨柳依依。今我来思，雨雪霏霏。”“桃之夭夭，灼灼其华。之子于归，宜其室家。”“岂曰无衣，与子同袍。王于兴师，修我戈矛。”“彼采萧兮，一日不见，如三秋兮。”至今脍炙人口，仍是中国传统诗歌的典范。此后，有楚辞，有汉魏晋南北朝以来的乐府、古诗，有唐宋以来的近体诗与词，有元以来的曲，一直传承、发展到今天。中国传统诗歌历数千年而生生不息，不是“文化基因”，是什么?

二十年来，我曾应邀在美国耶鲁大学、斯坦福大学、密歇根大学，韩国首尔大学、梨花女子大学等三十多所海外名校作过学术讲座，其中一项重要的内容，便是中国传统诗歌。有一回，我与美国一位高级白领闲聊，谈到想做一点中美诗歌的比较研究。想不到他问了一个奇怪的问题——“难道美国有诗歌吗?”我说，有啊。我很喜欢你们的惠特曼(沃尔特·惠特曼，Walt Whitman，1819—1892)、朗费罗(亨利·沃兹沃斯·朗费罗，Henry Wadsworth Longfellow，1807—1882)，还有狄金森夫人(爱米莉·伊丽莎白·狄金森，Emily Elizabeth Dickinson，1830—1886)。我读过，还尝试着翻译过他们的几首诗，例如朗费罗的《金色的落晖》(《The Golden Sunset》)、狄金森夫人的《品尝不酿之酒》(《I Taste a Liquor never Brewed》)

等。那位先生听了很高兴，因为来自具有悠久诗歌传统的中国的一位专攻诗词学的教授，认为美国有优秀的诗人与诗歌！一般来说，美国人对本国的一切都感到自豪，但这次是个例外。谈到诗歌，似乎底气有点不足。十六年前，在一次李白研究的国际研讨会上，美国加州州立大学长滩分校的一位教授说，美国海军竟然有一个关于李白的网站。真没想到在美国的赳赳武夫中，竟也有不少喜欢李白诗歌的“白粉”（我的杜撰——“李白的粉丝”）！可见，与风靡国际市场的那些“Made In China”的各类商品一样，中华诗词也是能够“出口”的！当然，优秀的文化产品是人类共同的精神财富，不一定需要“创汇”。若干年前，我们全国高等院校一批有志于弘扬中国优秀传统文化的学者，成立了一个诗教学会，每年举办一次世界范围的大学生、研究生的诗词大赛，目前已成功地举办了很多届。参赛的国家、地区、学校和同学越来越多。在参赛并获奖者中，竟然还出现了一位日本同学——不是华人，不是华裔，而是地地道道的日本人！中华诗词的魅力，管中窥豹，可见一斑。

有一年，我应邀赴广西桂平采风，在当地的龙潭森林公园里看到了一个有趣的现象：一群野生猕猴组成的“丐帮”，“拦路抢劫”游客手里的纯净水，并且喝得有滋有味。于是即兴写了一首七言绝句：

缒壁投崖跳掷轻，诸猴可哂是精灵。
清溪满谷矿泉水，偏劫游人唾剩瓶！

明眼人一读就明白，这仅仅是在笑猴儿吗？当然不是！笔者的用意，主要是借这件趣事为由头，用比兴手法来善意批评那些对中国丰富的优秀传统文化资源熟视无睹，不知道珍惜、开发和利用的人。比如，那些从中小学语文教科书里删除或削减古诗文名篇的人。

各位诗友都是中华诗词这一中华民族优秀文化基因的传承者。我们承担着中华诗词继往开来、发扬光大的历史使命，任重道远。我们必须努力，创作出更多、更好、无愧于时代的作品来！

说到这一点，我觉得有两种偏颇的倾向是必须克服的。

一种偏颇的倾向是，一味强调继承，而忽视创新。有人以为，当代诗词创作的最高境界，是放到唐宋人的诗词集里可以乱真。我觉得，这是没有出息的。就算你写得再像古人，能做到“高仿真”，也是赝品，价值不大。我们所追求的最高境界应是：即便放到唐宋优秀作家的诗词集里去，你的作品也能够活蹦乱跳地“窜”出来，一看就是“当代”诗词，而且是优秀的“当代”诗词。不说胜过古人吧，至少也不应是古人的“优孟衣冠”。况且，古人是人，我们也是人，为什么不能后来居上？“一生低首谢宣城”，应该是“战术行为”，而绝不是我们的“战略目标”！

另一种偏颇的倾向是，只顾埋头创作，而忽视继承。不熟读历代诗词，你怎么知道古人的诗词创作已经达到了怎样的高度？你怎么知道古人有哪些成功的经验和失败的教训？诗词创作的要诀，笔者以为只是三个字——“识好歹”。识得好歹，创作便有标准，成竹在胸，出手自然不凡。不识好歹，写一万首也只是原地踏步，低水平重复劳动。这三个字，说起来容易，要做到很难，很难。冰冻三尺，非一日之寒。但每天坚持，以七分的时间和精力阅读，三分的时间和精力习作，“寒”他个十年八年，读他个千卷万卷，而且不只是读，更要“思”，更要“悟”，那么终会有豁然开朗的一天。到那时，自然“下笔如有神”。这就叫做“观千剑而后识器，操千曲而后晓声”！

笔者自十一二岁起读诗写诗，迄今已逾六十年，悟出“识好歹”这三个字来，一生受用不尽。老生常谈，献芹献曝，不当之处，敬请各位诗友批评指正。

当代诗词与社会主义核心价值观

党的十八大提出了24字的社会主义核心价值观，即富强、民主、文明、和谐，自由、平等、公正、法治，爱国、敬业、诚信、友善。国家层面的价值目标，社会层面的价值取向，公民个人层面的价值准则，都涵括在内。这些都是好词汇，笔者相信，国人中的绝大多数，都不会有异议。剩下的问题，是对这些词汇的内涵和外延做出准确的界定，国家各级机关、社会各界和全体公民都真正予以践行。

要践行社会主义核心价值观，当然离不开对社会主义核心价值观的阐释与宣传。但这主要是理论工作者、宣传工作者的任务。当代诗词的创作者，绝大多数都是业余作者，他们另有自己的本职工作。他们中间，有理论研究能力的、有宣传工作能力的，在做好本职工作的同时，自告奋勇地参加阐释、宣传社会主义核心价值观的工作，当然应予鼓励。但也应清醒地认识到，当代诗词本身并不适合承担直接阐释、宣传社会主义核心价值观的任务。因为诗词是文学，其特质是形象思维，不是抽象思维，与哲学、政治学、社会学、伦理学、教育学、法学等社会科学有区别。

文学，包括诗词，应该用艺术形象、审美语言来“表现”社会主义核心价值观。比如说“爱国”，那些歌颂中华民族对外来侵略者作英勇斗争的诗词不用说了，就是那些模山范水的作品，只要写得精彩，能够让读者感受到祖国河山的壮丽美好，不也是爱国吗？

还有一些讽刺、批评社会现实的作品，我们也不能不分青红皂白，一股脑儿认定它们“不爱国”。要知道，大多数诗人创作这类作品的动机，还是为了中国能够刮骨疗毒，健康发展，不断前进。责之切，正是由于爱之深！中国的诗学传统，向来有“美”，即歌颂、赞美；也有“刺”，即讽刺、鞭挞。只“美”不“刺”，只“刺”不“美”，都有失于偏颇。白居易写的“新乐府”，篇篇是“刺”，但当朝的皇帝也明白他的写作动机是“惟歌生民病，愿得天子知”（白居易《寄唐生》），从而调整政策，缓和阶级矛盾与社会矛盾，以期达到长治久安，因此并不曾为难他。我们今天的各级领导，特别是宣传部门的领导，思想水平与政治见识总该比封建帝王高明吧？

不过，无论是“美”是“刺”，都还有一个艺术表现技巧如何的问题。我不反对歌颂与赞美，该歌颂的就要歌颂，该赞美的就要赞美。但我不赞成标语口号式的歌颂与赞美，不赞成艺术形象与审美语言双双缺位的歌颂与赞美。我也不反对批评与鞭挞，该批评的就要批评，该鞭挞的就要鞭挞。但我不赞成放炮骂街式的批评与鞭挞，不赞成没有一点艺术水平与技术含量的批评与鞭挞。道理很简单，孔老夫子早就曰过的：“言之无文，行之不远。”诗词缺少艺术，就像汽车缺少燃油，开不了几里路，当然到达不了目的地。因此，即便是那些坚持当代诗词应该承担直接阐释、宣传社会主义核心价值观任务的，有志于用诗词来担此重任的人，笔者在敬佩其精神可嘉、勇气可嘉的同时，也想提醒他们一句：给汽车加满油！

其实，从另一个角度来看，用艺术形象、审美语言来“表现”社会主义核心价值观，何尝不是一种特殊的“宣传”？有不少优秀的当代诗词作者，尽管他们既没有“宣传”社会主义核心价值观的主观自觉，甚至也没有“表现”社会主义核心价值观的目的意识，但他们用生动的艺术形象、高妙的审美语言，写出了体现社会主义核心价值观的诗词精品，为读者所喜闻乐见，不胫而走，广泛传播。这难道不是“宣传”吗？“广泛传播”，正是“宣传”的本义！这样的“宣传”，如春夜雨，润物无声；其接受者，如饮醇酒，不觉自醉。潜移默化，移风易俗，这才是对社会主义核心价值观最高明的宣传，最有效的宣传！相比之下，那些抽象的、直白的、概念式的诗词，名曰直接“宣传”社会主义核心价值观，实则“宣”而“传”不开去，“传”不下去，何“宣传”之有？

总而言之，笔者以为，坐而论，不如起而行。摆在我们每个当代诗词创作者面前的当务之急，无非以下两项：

其一，努力按照社会主义核心价值观来做人，做事，亦即真正践行社会主义核心价值观。能够做到这一点，那么你的作品，无论写什么，无论怎么写，不假思索，都会是社会主义核心价值观的具体体现。

其二，努力提高自己的文学艺术修养，提高自己的文学创作技巧。能够做到这一点，那么你的作品，无论写什么，无论怎么写，游刃有余，都会是社会主义核心价值观的美学呈现。

披沙简金　PK唐宋

《诗词中国》卷首语

第三届“诗词中国”传统诗词创作大赛，参赛作品猛增至22万多首，挑战吉尼斯世界纪录成功，荣获“最大规模的诗词竞赛”称号。这标志着当代诗词创作在一定程度上的“普及”。

“数量”与“普及”，当然很重要，很有意义；但更重要，更有意义的还是“质量”与“提高”。泥沙俱下，其中必有金砂，虽然数量甚微；而披沙简金，才是我们的目标，尽管难度很大。大赛之评选，本刊之创办，“简”当代诗词之“金”，自是题中应有之义。为此，本期新开辟了一个栏目——“PK唐宋”（“唐宋”括指前贤，不必呆看），陆续推荐一些质量较高的当代诗词作品，供广大诗友们观摩，以期赏奇析异，相互切磋，共同提高。

或许有人会嫌这个栏目名称张扬、浮夸。其实，您把它看作“标题党”就是了。换个低调点的说法，不也就是“见贤思齐”“取法乎上”“挑战自我”的意思吗？生活在当代而酷爱古典诗词，进而见猎心喜，依葫芦画瓢，也开始写将起来的诗友，无论您想还是不想，至少在潜意识里都有“PK 唐宋”四个字在；而当您写下第一句诗词，也就是以实际行动在“PK 唐宋”了。退一步说，哪怕打死您也不承认自己在“PK 唐宋”，同时代和此后百代的读者，总要拿您去和古人 PK 的——前提是您真写得不错，还有与古人 PK 的资格。既然如此，我们何不堂而皇之地挑出“PK 唐宋”的大旗来呢？至于 PK 得了或 PK 不了，您说了不算，我说了不算，相信当代及后世的广大读者自有公论。写到这里，意犹未尽，试援排律体入四言诗，为拟编辑寄语曰：

诗开栏目，党属标题。
羡鱼结网，爱菊治畦。
辕非北辙，颦不东施。
周旋作我，叹息语谁？
高山流水，伯雅子期。
敢夸蓝出？冀得青垂。
锥囊毛遂，标格项斯。
何妨自荐，固待众推。

当代诗词姓『当代』

当代诗词，不仅是“当代人”创作的诗词，更应该是反映当代社会生活、表达当代人的思想感情、体现当代人的价值取向与审美观念、参用当代鲜活语言的诗词。要求当代诗人词人创作的每一首作品都同时具备以上几个要素，或许过于严苛；能得其一，也不枉姓“当代”。但如果一条也不去做，或一条也做不到，总是一件令人遗憾的事。

有些诗友的创作追求，是使自己的作品掺入古人的诗词集中，可以“乱真”。也不能简单地说他们的追求不好——真能做到这样，也不容易；但“乱真”难免会让我们联想到包含这两个字的一个常用成语——“以假乱真”。也就是说，即便您做到了“乱真”，毕竟是“假”古董，高仿真的赝品。中国文学史上，有一个李白，一个杜甫，一个苏轼，一个辛弃疾，一个李清照，也就够了，为什么还要有第二个、第三个乃至第 N 个，一如“六耳猕猴”之于“孙悟空”？试想，如果《诗经》《楚辞》以后的诗人，只是一味“克隆”《诗经》，“山寨”《楚辞》，那还会有汉魏乐府、唐诗宋词吗？中国诗歌史还会那么精彩纷呈吗？从先秦到汉魏晋南北朝唐宋元明清，哪个朝代的诗人不在反映他们的当代社会生活，表达他们当代人的思想感情，体现他们当代人的价值取向与审美观念，使用他们当代的鲜活语言！

诚然，也有一些社会生活、思想感情、价值取向、审美观念、语言表达，较为恒定，时代差别不那么大。从这个意义上说，也不妨有一些当代诗词，通于古代，甚至通向未来，不一定非要强烈地显现其“当代性”。但即便是此类作品，也不应该只是“存量”，只是在前人已经到达的境界原地踏步；而贵在写出“增量”，写出自己更新更美的创意来。也就是说，即便抗志希古，也不能只以“乱真”为止境，而应与古人分庭抗礼，将“古色古香”提升到 2.0 版的级别。

当代诗词创作的普及和提高

2014年世界杯足球赛（举办地巴西），前四名分别是：1. 德国。2. 阿根廷。3. 荷兰。4. 巴西。将这一结果与国际足联公布的世界各国注册球员的数据对照着看，很有意思。冠军德国，注册球员数约630万，也是世界第1。季军荷兰，注册球员数约110万，居世界第8。第4名巴西，注册球员数约210万，居世界第3。从中我们可以看出：普及与提高，一般来说是有正比例关系的。哪个国家的“足球人口”多（狭义指“注册球员”，广义则可包括“非注册球员”），哪个国家的足球水平相应也会比较高。当然，这不绝对，名次顺序可能错上错下，但相去不会太远。

当代诗词创作的提高，也离不开普及，离不开作者的基数。当代诗词的作者队伍究竟有多大？至今没有一个准确的统计。毛估估，就算100万吧。但全国有13亿人，平均1300人中才有1名诗词作者，不能算多。因此，普及工作还应当大力开展。各级领导要看到这是传播社会主义核心价值观、提升国家文化软实力的重要工作，要从战略高度来认识这个问题。有条件的领导干部可以身体力行。唐代“诗豪”刘禹锡在写给白居易的诗中说：“苏州刺史例能诗。”（《白舍人曹长寄新诗，有游宴之盛，因以戏酬》）如果我们各地的省市委书记、省长市长，也爱写诗词，能写诗词，岂不善哉！没有条件的也应乐助其成。领导重视了，还要建立、健全一整套机制。要有专门机构、专业人员、专项经费去做这件事。这项工作，还应从娃娃抓起。如果我们的教育主管部门在中小学课本里加大一点古典诗词的分量，在各种升学考试试卷乃至高考试卷中加入一点与诗词创作有关的内容，哪怕只有 10 分、8 分，举手之劳，事半功倍，相信它将对当代诗词创作的普及，起到不可估量的推进作用。诗词创作是培养人的创新思维、想象能力与审美水平的重要手段，不仅对中文系的学生，对外语系，对政法经贸、理工农医等一切学科的学生来说，都大有裨益。况且，诗词教育所需要的经济支出很小，几本好书而已，并不会扩大、甚至反有可能缩小城乡（或经济发达与欠发达地区、富裕家庭与贫困家庭）青少年间获取受教育机会的不公平。何乐而不为呢？

当然，凡事都有例外。普及与提高，在特殊情况下，也可能不成比例。2014 年世界杯足球赛的亚军阿根廷，注册球员就只有 33 万，居世界第 27 位。他们取胜的法宝，并不是“人海战术”，是“兵不在多而在精”。

这对我们的当代诗词创作，也有重要的启示。看来，“作者人数的增加必然导致作品质量的提高”一说，并不十分靠谱。还得一手抓普及，一手抓提高。而且“两手抓，两手都要硬”。提高，就是要出名家，出精品。怎样才能出名家，出精品？不妨仍以足球为喻：

其一，要办好各种各样的诗词大赛。足球有“世界杯”，有“英超”“西甲”“德甲”“意甲”“法甲”诸联赛，故“球星”辈出。当代诗词创作赛事，现在每年都有。但数量还可增加，规模还可扩大，级别还可提高。仅有省、市等地方级的赛事还不够，应有国家级的大赛。大赛的初审专家与终审评委，都应遴选品德高尚，才华出众，既有学问，又有见识，且有较高创作水平的行家里手来担任。评委就是裁判，品行不端，徇私舞弊，“吹黑哨”的人固然要不得；为人虽然正直，做事虽然认真，却无真才实学的人，也不可聘用。因为他们只能保证程序的公正，不能保证结果的公正。在绿茵场上，有不少裁判主观上虽也力求公正，但由于种种原因判罚失误，最终导致了强队被淘汰出局的悲剧性后果。评委之选，可不慎哉！当代诗词创作赛事的各级评审者，其眼光与水平的高下，至关重要。大赛如不能优胜劣汰，甚至相反，劣胜优汰，那就会误导广大作者，把鱼目当珍珠。裁判的业务水平低，高手就不来参赛了。如果尽是二三流甚至不入流的球员参赛，那还有“世界杯”以及“英超”“西甲”诸联赛的精彩纷呈吗？那世界足球的技战术水平还提得高吗？

其二，要办好各种诗词社团以及诗词刊物。世界各足球大国强国，都有为数众多的足球俱乐部。德国约有 2700 个，阿根廷约有 3400 个，巴西约有 2900 个，荷兰更多至 4800 个。而办得成功的俱乐部，离不开优秀的教练员。这些教练员，许多都是退役的球星，不仅个人技术好，而且有实战经验。我们的诗词社团，就相当于俱乐部。我们诗词刊物的编辑，就相当于教练员。纵观那些有名的俱乐部，何尝没有高官领衔，大贾操持？但那些高官、大贾，并没有蠢到亲自去当教练与球员。他们实行的是“目标管理”，只管集资、斥资、请教练。至于“过程管理”嘛，就放手让教练去干了。教练干得不好，让他“下课”便是，换能干的来干。我们现在的各级诗词学会，也有不少是退下来的领导干部，以及热心于此的企业家在当会长、副会长。当然，他们之中颇有一些懂诗词、能创作的。但只爱好却不擅长的居多。这不要紧。只要肯学，锲而不舍，总能够提高。就怕缺乏自知之明，架不住那些爱他们、怕他们、有求于他们的人，围着他们说“您比城北徐公还美”！一旦被这些“坑爹”的奉承话说晕乎了，真以为自己美得不行，那可就万劫不复了。要清醒地认识到自己为什么会被推到这个岗位上。要选真正有鉴赏水平、有创作实力的诗人来当助手，来管业务，来编刊物，也就是来当“教练”。注意！我这里是说“真正有鉴赏水平，有创作实力的诗人”。如果不是这样的诗人，哪怕他是大学中文系古代文学专业的教授，或相应级别的研究员、编审之类，也不管用的。教授、研究员、编审等所谓“科班出身”的人，不会写诗词，或虽写诗词，却写不过社会各界那些无师自通、自学成才的优秀诗人的，比比皆是。还有，诗词刊物不必办那么多，出那么勤。不要迁就会员的虚荣心。“教练”还是严一点好，严师出高徒。刊物用稿要有底线，太平庸的作品不发。拿节省下来的办刊经费办培训班、请名师讲课、提高会员的审美能力和创作水平，岂不更加实惠？

其三，接着上面的话头说，就是要多办并办好各种诗词创作培训班。世界各足球大国强国，往往有足球学校。不少联赛俱乐部，也办足球培训班。对“普及”而言，这也是“提高”，可以说是“普及式提高”或“普及型提高”。这类培训，不能不讲理论，但也不能讲“空头理论”。更重要的是对具体作品的讲评。要针对学员自己的作品，指出哪些地方写得好，哪些地方写得不好；为什么好，为什么不好；以及怎样把不好的地方改好。在讲具体操作的过程中，带出理论来，那理论便不是“空对空导弹”了。总之，是在理论的指导下讲实际操作，在讲操作的同时提升到理论的高度。（在这方面，中山大学中文系做出了很好的成绩。他们成功地举办了多次暑期诗词学校，培训、提高了全国大学生、研究生中一批诗词作者。中国诗教学会举办的历届世界大学生、研究生诗词大赛，获奖作者中有不少是中山大学暑期诗词学校培养出的诗词创作精英。）办好俱乐部，带好球队，教练是关键。办好足球学校或培训班，教师是关键。我们现在不缺好教练、好教师，缺的是对诗词创作培训班的重要意义、重要作用的认识。何以见得？只要统计并比较一下，我们花在办刊物和办培训这两个方面的经费支出，孰多孰少，就可以知道了。

结论：当代诗词创作的“普及”与“提高”，相辅相成，缺一不可，如人双足以行地，鸟两翼而飞天。“普及”是“提高”的树根，“提高”是“普及”的树冠。只要我们认清了它们之间的辩证关系，科学予以人力投入，合理进行资源配置，相信在不太长的时期内，当代诗词创作定能稳步而均衡地发展、推进，中国文学史上又一个诗歌高峰必将出现在人们眼前！

附注：本文用了一个常见的典故，见《战国策·齐策一》。原文如下：邹忌修八尺有余，而身体昳丽。朝服衣冠，窥镜，谓其妻曰："我孰与城北徐公美？"其妻曰："君美甚，徐公何能及君也！"城北徐公，齐国之美丽者也。忌不自信，而复问其妾曰："吾孰与徐公美？"妾曰："徐公何能及君也！"旦日，客从外来，与坐谈，问之客曰："吾与徐公孰美？"客曰："徐公不若君之美也。"明日徐公来。孰视之，自以为不如。窥镜而自视，又弗如远甚。暮寝而思之，曰："吾妻之美我者，私我也；妾之美我者，畏我也；客之美我者，欲有求于我也。"

人皆可以为李杜

当代诗词创作，总的形势很好，群众性的创作热潮方兴未艾。从作者的绝对人数来看，恐非过去任何一个时代所能比拟。

有人曾问笔者：作者人数的多寡只是一个方面，作品质量的高下或许更为重要。先生对当代诗词的创作水平有何评价？

答曰：试读《全唐诗》《全宋词》，我们不难发现，一般化的作品总是占大多数，中等以上水平的作品占少数，而精品只是极少数。历代诗词创作的状况都是这样一个“金字塔”，当代诗词创作自然也不例外。这符合文学创作的一般规律，十分正常。如果人人都是李白、杜甫、苏轼、辛弃疾，反倒不正常了。不过，金字塔的底部越大，塔尖的体积也会相应增大，尽管未必“等比例”。因此，不能说作者、作品基数的大小没有意义。

又有人问：照此逻辑去推论，当代诗词创作的水平超越唐宋是必然的了？

答曰：当代诗词的数量如此巨大，而且还是一个活的流程，尚未到“盖棺定论”的时候。没有读遍当代诗词，就说它超越唐宋，固然是妄下结论；但要说它没有，甚至根本不可能超越唐宋，同样也是妄下结论。低调一点说，就算当代诗坛词苑出不了李杜苏辛，但如果组织一场五百人以上规模的团体对抗，“当代”队与“唐宋”联队，谁胜谁负还真不好说！赢不了李白、杜甫，还拼不过贾岛、姚合吗？三军可以夺帅，匹夫不可以夺志。有志者，事竟成。既然“人皆可以为尧舜”，为何不可为李杜，为苏辛？李杜苏辛是人，我也是人。他们也不是一出娘胎就能写诗填词！当代人在科学技术方面已远远超越古人，怎见得在诗词创作方面便超不过？鲁迅先生说，好诗到唐人已被做完。此话笔者不敢苟同。人类社会在不断前进，科学技术在不断前进，从来没有停步；文学创作的发展也永不会有止境。总之，唐宋诗词并非不可超越。楚霸王项羽年轻时看见秦始皇车驾出巡，说过一句惊天动地的话：“彼可取而代也！”我们当代的诗词作者，应有这样的气魄！最后是否真个超越唐宋，自有后世读者来作评判，当代人说了不算。即便事实最终证明这是大言不惭，笔者在此也还是要“大言”，且决计“不惭”！一开始就认输，不战而自屈其兵，还是男子汉吗？李太白的可贵之处，即在于当他年纪轻轻还什么也不是的时候，便敢给大人物韩荆州写信，自称“长不满七尺而心雄万夫”；如果他在精神气质上也“一生低首谢宣城”，那还有戏？

有人认为：当今已是白话文而不是文言文的时代，诗词艺术赖以生存的语言文化环境业已变迁，所以当代诗词创作不可能再现昔日的辉煌。

对此，笔者颇不以为然。不错，现在是白话文的时代。但中国汉语言文字的发展好比万里长江，浩浩荡荡，没有上游，哪来下游？现代汉语也是从古代汉语一步步演变过来，不是外星人带来的。白话文从来没有，也根本不可能割断与文言的联系。文言的许多精华还像鱼儿一样鲜活地游动在白话文的湖水中。例如现在所使用的大量成语，就是文言。“一日不见，如隔三秋”之类，还是两千五百年前《诗经》时代的语言！试想，如果抽掉现代汉语中的文言成分，那我们的语言文学将变得多么贫乏！因此，撇开哲学、思想、文化等大“道”不谈，仅就语言这应属于“器”之范畴的小小载体而言，当代诗词创作也有它存活、成长直至走向辉煌的充足根据。

又有人问：毕竟，对于现代人尤其是年轻人来说，诗词创作的难度还是很大的吧？

答曰：做什么事不难？诗词创作的难度并不比搓麻将、打扑克大多少。有兴趣，肯下功夫，再困难的事情也容易；没兴趣，不下功夫，再容易的事情也困难。“白日依山尽，黄河入海流。欲穷千里目，更上一层楼。”唐人王之涣的《登鹳雀楼》，有人认为压倒全唐。是否真能压倒，可以商量；但说它是千古绝唱之一，恐怕不会有争议。试看这短短 20 个字，哪个不是常用字？哪个小学生不认得？他也只是手持寸铁，并没有核武器。因此，从理论上说，只要有小学文化程度，便完全可能写出这样的千古绝唱来。笔者认识不少写诗词的年轻朋友，基础相当好，很有发展前途，也大都只有中学毕业文凭。有的虽然上过大学，但学的是理工科；就其文学学历而言，也只能算中学。

又有人问：先生前面提到不可能人人都是李杜苏辛，后来又说人皆可以为李杜苏辛，是否自相矛盾？

答曰：如从形式逻辑上看，是自相矛盾；但用辩证法来分析，这是对立的统一。两种说法的前提不同，角度不同。“人皆可以为李杜苏辛”是从理论层面，从战略层面说，旨在鼓励大家树雄心，立壮志，“取法乎上”。而从实践层面、战术层面来说，要想实现那雄心壮志，还得付出艰苦努力，且力气要下在点子上。倘若努力不够，或不得其法，那么李杜苏辛虽则可望，也还是终不可及。古往今来，诗词创作之所以一般化的作品多、高质量的作品少，问题的症结还在于大多数作者努力不够，或不得其法。

那么怎样努力才算“得法”？或者换句话说，当代诗词作者最迫切、最应注意的问题在哪里？

在提高文学修养，提高创作技巧。当代社会的生活内容那么广泛，当代人的思想感情那么丰富，而且总的来说，当代诗词创作无论题材内容的广泛程度，还是思想感情的丰富程度，都不滞后于时代，但为什么诗坛词坛上还是“一般化的作品多，高质量的作品少”这样一种局面呢？可见对于大多数的诗词作者，缺的不是生活，不是情感，而是反映时代、观照生活、表达思想、抒发感情的艺术技巧。艺术技巧的欠缺，归根到底是文学修养的欠缺。文学修养提高，创作技巧才有可能提高。要提高文学修养，就要努力读书，多读古今名作。不但多读，还要多想：那些名作好在哪里？好到什么程度？知道名作好在哪里，好到什么程度，也就知道一般化的作品差在哪里，差到什么程度了。久而久之，看到任何一首作品，都能辨别它是上品、中品还是下品。能“识好歹”，有了艺术鉴赏能力，自己的创作也就有了标准，“见贤思齐”，向古今名家名作看齐，“该出手时就出手”，一出手自然不凡。最怕的就是不读书，不思考，“不识好歹”。“不识好歹”，写得再多，水平也提不高。关于“创作技巧”，具体内容很多，很细，三言两语无法说完，留待今后慢慢讨论罢。

注意摆正『立意』『词句』『格律』三者的主从关系

《红楼梦》第四十八回《滥情人情误思游艺·慕雅女雅集苦吟诗》写香菱拜林黛玉为师学作诗，有一段耐人寻味的对话：

> 黛玉道："什么难事，也值得去学？不过是起、承、转、合，当中承、转，是两副对子，平声的对仄声，虚的对实的，实的对虚的。若是果有了奇句，连平仄虚实不对都使得的。"
>
> 香菱笑道："怪道我常弄本旧诗，偷空儿看一两首，又有对的极工的，又有不对的；又听见说：'一三五不论，二四六分明。'看古人的诗上，亦有顺的，亦有二四六上错了的，所以天天疑惑。如今听你一说，原来这些规矩，竟是没事的，只要词句新奇为上。"
>
> 黛玉道："正是这个道理。词句究竟还是末事，

第一是立意要紧。若意趣真了，连词句不用修饰，自是好的。这叫做‘不以词害意’。”

这段对话的核心观点是：“立意”最为要紧，“词句”次之，“格律”又次之。只要“意趣真”，“词句”不用修饰也是好的；果真“词句新奇”，“格律”不合（平仄出入、对仗欠工）也尽使得。话虽说得极端了一些，但究其本质而言，却是高明的见识。曹雪芹到底是行家！他这里说的只是律诗，举一反三，则一切格律诗词都可包括在内。要知道，“格律诗词”四字，如作语法分析，是一个偏正结构，意思是“讲究格律的诗词”，中心词是“诗词”，“格律”不过是个定语。明白这一点，谁主谁次，岂不了然？倘若一首诗词意思陈旧，语句平庸，饶你写得平仄调和，句法妥当，对仗安稳，押韵合辙，从形式上看中规中矩，一点毛病都没有，我们也只能遗憾地说：你写的是“格律”，不是“好”的“诗词”！相反，倘若一首诗词意趣真切，构思新颖；或遣词精警，造句奇妙；那么即便格律有所乖忤，瑕不掩瑜，也还不失为佳作。“格律”有所乖忤的佳作，好比蕴玉之璞，是可以打磨的；而“立意”不好，“词句”乏善可陈的作品，就只能推倒了重来，连修改的基础也没有。因此，有志于诗词创作的朋友，在一开始学习写作的时候，便应注意摆正“立意”“词句”“格律”这三者的主从关系，千万不要本末倒置，买椟还珠。也就是说，首先把写作的“兴奋中心”放到诗词主题的创意和艺术构思上来；其次再考虑怎样烹字炼词、安章宅句；至于是否符合格律，暂时不去管它。有了好的“立意”，有了好的“词句”，一首诗词便成功了一多半，那时再对照“格律”精细加工，未为晚也。

五十多年前，笔者还以“上山下乡知识青年”的身份在江苏省高淳县一个名叫“丹湖”的人民公社（规模略相当于现在的“乡”）从事农业生产劳动。冬天，附近的丹阳湖正值枯水期，沿湖地区的农民在干涸了的湖滩上多种一茬小麦。次年夏天湖水上涨前，小麦成熟，开镰收割。夏收时节，入湖刈麦，那劳作十分辛苦，也十分壮观。每天凌晨，我们划着船儿，在茫茫烟水中驶过一条叫做“水阳江”的河流，进入湖滩。滩上麦田如海，一眼望不到头。收麦者一字排开，争先恐后地向天边刈去，迎来曙光，又送走夕阳……1974 年，我曾写过一首题为《水乡收夏》的五言绝句：

南风黄翠野，麦浪到天涯。
扬桨渡晓雾，挥镰割晚霞。

由于有真实的生活，真实的情感，加之以创作的冲动，这首小诗是一气呵成的。完稿之后，才发现第三句为“平仄仄仄仄”，第四字当平而仄，不合格律。考虑到此诗立意甚好，词句亦甚新奇，因而在相当长的时期内没有去改它。后来也曾想过，第三句可改“扬桨渡晨瀣”，平仄便和谐了。可是又觉得全篇皆常用语汇，而“瀣”字稍嫌冷僻，未免有些不够协调。踌躇再三，至今也还没拿定主意，希望高明的诗友不吝赐教。

前此二年，亦即 1972 年，因为国际交往的迫切需要，国务院从北京、上海、南京、西安的几所外国语学校紧急选拔一批 66 届初中毕业生（当时都已散在全国各地、工农兵各条战线）赴欧美留学，两年后进外交部工作。笔者昔日就读于南京外国语学校时的两位同窗好友梅江中、李小苏荣膺此选，将分赴加拿大与法国。依依惜别之际，笔者亦有五言绝句一首，为之壮行：

李花千树雪，梅花万树红。
折向天涯去，满枝是东风。

恰巧这两位同学一姓梅，一姓李，而梅花、李花又都是春天的花；中国是东方，而欧、美是西方；由此产生灵感，诗句便像泉水一般流淌出来。意趣既真，词句也清新自然。但对照近体五绝的格律，第二句应是“仄仄仄平平”，“花”字当仄而平，“树”字当平而仄，与第一句比勘，犯有失对的毛病；第四句应是“平平仄仄平”，“满”字当平而仄，“东”字当仄而平，也不符合。我曾试着想把这两句的平仄调一调。第二句推敲起来没遇到什么困难，改为“梅萼万株红”即可；但第四句却无论如何也不能更动一字。左思右想，此句既改不得，索性连第二句也不必改了。因为比较起来，“李花千树雪，梅花万树红”，叠用两“花”字、两“树”字，不用对仗而用排比，反倒更口语化，更朴实一些。好在五言绝句本来就有古体、近体之分，拙作保持原貌，作古体绝句读，已是本色佳制，何必要以文害意，非把它改成近体不可呢？

诗词的巧思

这个题目，是中山大学暑期诗词学校主事者指定的，谨遵将令，勉力为之。

诗词创作的最高标准，是“真善美”。最高标准必须是“王道”，没有人反对，或没有人敢反对。那就应当包罗万象，包容万有。欲包罗万象，包容万有，当然就得“大而空”。不大不空，如何能包罗万象，包容万有？老子说“大象无形”，什么是世间最大的“象”？是宇宙。宇宙有形状吗？没有。所以它能包罗万象，包容万有。但“无形”的东西，便不可捉摸，只能抽象地说，无法具体地说。要说得具体，就不能“形而上”，只能“形而下”。总之，“巧思”不是“王道”，是“霸道”；不是“形而上”，是“形而下”；不是诗词创作的最高标准，充其量只是较高标准之一罢了。注意，是“之一”，绝非“唯一”！这个定位是讨论这个问题的前提，必须交代清楚。

“巧”是常用词，人人明白，无须笔者饶舌来下定义。但我觉得有必要从时常与其搭配的另外一些字面来思考，如“奇巧”之“奇”，“巧妙”之“妙”，“精巧”之“精”，“新巧”之“新”，“灵巧”之“灵”，等等。诗词创作，不奇不妙不精不新不灵，就谈不上“巧”。舍“奇妙精新灵”而专求其“巧”，必然弄巧成拙，画虎不成反类犬。

这里所说的“思”，主要指“构思”。构思通常是就谋篇立意这个大局来说的。这是其内含。但也不妨外延，扩大化来说，雕章琢句，烹词炼字，也需要“思”。论诗词之结构，无非字、词、语、句、章、篇；论诗词之内容，无非人、物、情、景、事、理。凡此种种，如欲出彩，无一不须巧妙构思，精心结撰。

诗词创作的构思，最重要的是谋篇立意，说白了就是要有创意。初学者的注意力或兴奋点，往往在字句，喜欢堆砌华丽的辞藻，一如小姑娘对于美的理解，眼中只有花裙子与蝴蝶结。又如唐人王昌龄的《观猎》诗：

角鹰初下秋草稀，铁骢抛鞚去如飞。
少年猎得平原兔，马后横捎意气归。

诗里的那个少年，洋洋得意的，不过是打了几只兔子！试比较王维的《观猎》：

风劲角弓鸣，将军猎渭城。
草枯鹰眼疾，雪尽马蹄轻。
忽过新丰市，还归细柳营。
回看射雕处，千里暮云平。

诗中的那位将军，就志不在得“平原兔”，而在射云中雕了——眼界要高得多。总之，字句、辞藻不是不重要，可讲可不讲，但它毕竟只是“平原兔”，不是云中雕。它毕竟是“战术”层面的问题。一场战斗吃掉敌军一个连、一个排，虽则可喜，不过小胜而已，决定不了整个战争的输赢。而创意才是“战略”层面的问题。

若论手机制造的工艺与技术，诺基亚几乎做到了极致，谁能超过它？而华为、苹果等互联网手机，今竟取而代之，使诺基亚沦为“明日黄花”，成功的诀窍就在创意。我不在手机制造的工艺技术上和你 PK，而将互联网技术引入手机，使手机由单一的电话、短信联络工具扩展为可以随身携带，揣在口袋里，“玩弄于股掌之上”的“迷你电脑”，极大地影响和改变了人们的日常生活。

若论商品供销，全中国那么多著名的百货公司与大型超市，早已饱和了卖方市场，你白手起家，既非“多财”，又不“善贾”，想开实体店与之竞争？门都没有！看人家阿里巴巴、淘宝、京东们是怎么做的：避“实”就“虚”，网上贸易。不出十年，便使众多实体店“门庭冷落车马稀”甚至“门可罗雀”，真所谓“走自己的路，让别人走投无路”。

要之，创意的魔力，比之经济学，是一笔生意净赚若干个亿；比之军事学，是一次战役歼敌几个兵团。有了奇妙精新的创意，一首诗词便成功了一多半，胜券在握，100 分的考卷已拿到了 85—90 分，剩下的 10—15 分，才用得着修辞的技术，以争取完胜。缺乏创意，就很难及格。即便在修辞方面用尽洪荒之力，多得个 10 分、8 分，终究于事无补。

唐代杜牧《答庄充书》说：

> 凡为文，以意为主，以气为辅，以辞彩章句为之兵卫，未有主强盛而辅不飘逸者，兵卫不华赫而庄整者。四者高下，圆折步骤，随主所指，如鸟随凤，鱼随龙，师众随汤、武，腾天潜泉，横裂天下，无不如意。苟意不先立，止以文彩辞句绕前捧后，是言愈多而理愈乱，如入阛阓，纷纷然莫知其谁，暮散而已。是以意全胜者，辞愈朴而文愈高；意不胜者，辞愈华而文愈鄙。是意能遣辞，辞不能成意。大抵为文之旨如此。

他说的虽然是写文章，不是写诗词，但道理都是一样的。

夏天的白昼虽然长，可是给我的讲课时间很短。与其面面俱到，不如突出重点。重要的事情说三遍：诗词创作之巧思，第一要紧的是创意，创意，创意！

旧体诗词怎样用传统语汇写现代题材

怎样用旧体诗词这种中国诗歌的传统体裁来写中国社会的现代题材，这是当前诗词创作者面临的一大挑战。这个问题解决不好，我们就没法说服那些对旧体诗词抱有偏见，认为旧体诗词过时了，应该寿终正寝，退出文学创作历史舞台的先生们；也没有理由要求从事当代文学史研究的学者关注当代诗词创作，把当代诗词作家及其作品纳入他们的视野。道理很简单，如果一名体操选手，动作完成得不规范、不优美，裁判凭什么给你打高分？一位戏剧演员，唱、念、做、打都乏善可陈，又有什么脸面抱怨观众不为你喝彩？

用旧体诗词来写现代题材，难度不在于格律——因为旧体诗词中的近体诗和词虽然要讲格律，但古体诗却比较自由，并不受格律的束缚。如果用旧体诗词来写现代题材的难度仅仅在于格律，那么不写近体诗或词，专写古体诗，问题岂不是解决了？用旧体诗词来写现代题材的难度，主要在于语汇的选择和运用。现代社会日新月异，前进的节奏实在太快，新事物、新思维、新观念层出不穷，新名词、新概念、新语汇（包括许多外来语）批量涌现。不分青红皂白，一股脑儿往诗词里搬，与诗词中旧有的传统语汇搅和在一块，这样“整”出来的作品，不古不今，亦土亦洋，就像唐明皇与杨贵妃跳“迪斯科”，安娜·卡列尼娜与沃伦斯基唱“二人转”，让人怎么看了怎么别扭。笔者这里的意思不是说现当代语汇包括外来语绝对不可以用，而是提请大家注意，对此类新语汇的使用要慎之又慎，要反复斟酌。倘若那新语汇本身具有形象性（至少是具有一定程度的形象性），用用自亦无妨；如果是抽象的概念，略无形象可言，一般来说，最好不要轻易拈出。此外，在使用新语汇时，要特别注意与传统语汇的磨合，力争做到水乳交融，相得益彰；千万不能冰炭同器，两败俱伤。

用新语汇入旧体诗词既然较为艰难，那么，只用传统语汇是否有可能完成现代题材的诗词创作呢？笔者个人的体会是：完全可能。旧体诗词语言的艺术张力，并不像人们想象的那样局促有限。只要肯动脑筋，它几乎是“无事不可入，无意不可言”的！

许多年前的一个中秋节，笔者写了一首七言绝句——《中秋对月怀台海故人》：

> 海峡鸿沟五十年，一衣带水即天渊。
> 西楼夕夕东南望，看得中秋月又圆！

诗意是说：台湾海峡成为“鸿沟”已经五十多年了，一条窄如衣带的水域竟使得两岸隔绝，判若天渊。每天晚上，我都向着东南方眺望，眼睁睁地看得中秋的月亮又圆了一回！笔者曾多次到台湾出席国际学术会议并访问讲学，在那里结识了很多朋友。寒舍位于四楼，阳台面向东南。每天晚饭后，笔者都要在阳台上小坐片刻，或备课，或写诗，或构思论文。偶一抬头，便看到月亮冉冉升起。这时，往往会想起台海那畔的朋友们。“看得中秋月又圆”，话外的意思是：什么时候海峡两岸的骨肉同胞才能够团圆呢？“台独”分子妄图制造“两个中国”或“一中一台”，把宝岛台湾永远从祖国分裂出去，包括台湾人民在内的全中国人民决不答应！全中国人民对于两岸统一、骨肉团圆的期盼，正是重大的现代题材。笔者这首小诗，并没有使用任何一个新语汇，不是也将全中国人民的心声表达出来了吗？

这首小诗还只是用“赋”（直说）的手法来写的。如用“比兴”（比喻）手法来写，则传统语汇对于现代题材进行艺术表现的主动权就更大了。现代题材一经处理为灵活巧妙的比喻，便可转化成传统语汇应付裕如、游刃有余的相关内容，作者不必再为新语汇难以运用而犯愁。

请以笔者的另一首七言绝句为例：

海归吟

海外学人归国报效者日众，学界简称其为“海归”。

冰川溶泄静无痕，谁縴黄河向海奔？
便到重洋也蒸汽，归云作雪壮昆仑。

诗的字面义是说：昆仑山的冰川悄无声息地消融着，水滴汇成了黄河。是谁用縴绳拉着她奔向大海？黄河的水啊，即便流入了重洋，还是会蒸发上天，化作雨云飞回中国，变为飘飘雪花降落在昆仑山上，使得巍巍昆仑更加雄伟壮观！由于诗题和小序已经交代了主旨，它的深层意蕴也就不言自明了。笔者虽然没经历过在海外的“洋插队”，但也有在美国访学一年零两个月的生活体验，因此深切了解众多海外中国学人对祖国的那种铭心刻骨的热爱，对故乡的那种与日俱增的眷念。从二十世纪七十年代末、八十年代初兴起的出国留学热潮，到近年来海外学人纷纷回归报效祖国的盛况，数十年的时间跨度，上百万人的流动规模，这样波澜壮阔的历史场景，如此重大的现代题材，假如不借助于“比兴”并使用传统语汇，而是直赋其事并掺用现当代新语汇，区区二十八个字如何概括得了？又怎么能够达到形象鲜明、姿态横生、诗味苞含、耐人咀嚼的艺术效果？

当然，这类“比兴”体的诗词，题目的作用也是很关键的。全篇都是“谜面”，只有题目才是“谜底”。倘若诗题不揭出“海归吟”三字，那么读者就只能照字面义去理解，将这首诗看成是一篇用韵语创作的旨在说明“冰—水—云—雪—冰”自然循环过程的科普小品了。因此，诗的正文是“画龙”，而题目则是“点睛”，神光所聚，不可不留心。

最后，为了不对有志于旧体诗词创作的朋友造成片面的“误导”，请允许笔者用一个跛足的比喻（大凡“比喻”，或多或少都有一点“跛足”，敬希见谅）来总结本文：如果您自信能学会发射“飞毛腿”导弹，尽管大胆地去尝试；我这里只是退一步说，旧兵器也照样可以用来打现代战争！

现当代新语汇可不可以入诗？

有诗友认为，既然是写传统诗词嘛，当然只能用古已有之的语汇。他们对现当代的新语汇，有一种本能的排斥。在他们眼里，用现当代的新语汇入诗，简直就是“离经叛道”，简直就是“大逆不道”。只要你在诗里用了现当代的新语汇，不管你写得怎样，他们一律不承认这也是诗。他们所自鸣得意的是：你看，我写的诗多么像唐诗！我写的词多么像宋词！

这种态度对不对呢？我认为不对。

其所以不对，是因为它不符合文学史的发展规律。文学语言也是与时俱进的，从来没有，也不可能永远凝固在某一个历史时代。如果汉代的人坚持认为不能用汉代的新语汇来写诗，那还会有汉乐府吗？如果唐人坚持认为不能用唐代的新语汇来写诗，那还会有唐诗吗？如果宋人坚持认为不能用宋代的新语汇来写词，那还会有宋词吗？如果元代的人坚持认为不能用元代的新语汇来写歌曲，那还会有元曲吗？那我们今天所能看到的古代诗歌，就都是先秦的《诗经》一个模子里倒出来的了。

如按照某些“喜旧厌新”者的逻辑去推论，连他们写的那些“像唐诗”“像宋词”的作品也不能算个“诗”了，因为它一点也不“像《诗经》”。

同样的情况，古人也有。例如北宋的宋祁，就是在词里写出过“红杏枝头春意闹”的名句的那个宋祁。他差点当上了“高考状元”。在当年的进士科举考试中，他是省试，尚书省礼部考试，相当于以国务院的名义、由主管部门即教育部主持的国家干部选拔考试的第一名。只不过在由皇帝亲自主持的最后一关考试“殿试”时，由于他哥哥宋庠也考得不错，皇上认为弟弟名次排在哥哥前面不大好，就把状元给了他哥。宋祁确实是个大才子啊，可就是有个毛病，过于“好古”。他修《新唐书》，把前人《旧唐书》里许多浅近的语句都改得古奥艰深了。比如唐代名将李靖的传记，《旧唐书》里引用了李靖一句话，“疾雷不及掩耳”。这句话，晋朝人写的《三国志》，唐人修的《梁书》《隋书》《北史》里都有，已经是成语了。可宋祁还认为它语言太新，不够古雅，偏要改成“震霆无暇掩聪”。为此，他的领导，领衔主持修《新唐书》的欧阳修还委婉地批评了他。今天我们看到的《新唐书》，这句改成了“震霆不及塞耳”。看来，宋祁还没有完全接受领导的正确批评。比起“震霆无暇掩聪”来，“震霆不及塞耳”要通俗一点了，但还是不如原来的“疾雷不及掩耳”既通俗又好啊。

总之，语言也是在不断新变的。“喜旧”未必不好，但“厌新”就不对了。正确的文学语言史观应该是“喜新”而“不厌旧”。

若无新变 不能代雄

尽管古往今来颇有一些诗人词人声称他们写诗填词只是为了“自娱”，但还没有哪个真的“孤芳自赏”，从不将自己的作品拿给别人看。既要拿给别人看，可见他们还是乐于得到“知音”的。那么，他们创作的目的就不仅仅是“自娱”了。至于绝大多数的诗词作者，普遍的心理，当然是希望自己的作品能够拥有尽可能多的读者，能够传世，流传得越广泛越久远越好。

然而，从《诗经》那个时代下迄于今，三千年来，见诸载籍的诗词又何止百万、千万？其中为人们所喜闻乐见的作品，往多里说也不过几千首而已；尺度收紧些，恐怕还满不了一千。当代诗词要想挤进去，谋个一席之地，真正是谈何容易！

笔者拎出这样一个严酷的现实，并不是有意要吓倒当代的诗词作者，让大家搁笔缴械；而是想提醒有志于写出传世之作的“发烧友”们，“若无新变，不能代雄”！

这八个字，是南朝梁萧子显《南齐书·文学传》里的名言。“代雄”，是取代前人，雄踞诗坛的意思。低调一点，咱们倒也不指望取代前人，雄踞诗坛；咱们只想写点让人看了喜欢，有印象，记得住，从而能够流传下去的好作品。那又怎么样？一样得求“新变”。如果不能“新变”，那么当代诗词别说“流传”，就连“存活”的前提也没有。

所谓“新变”，循名以责实，就是创新、变化。这是从正面说。如从背面说，则是“惟陈言之务去”（韩愈《与李翊书》），“毋剿说，毋雷同”（《礼记·曲礼上》）。明人袁宏道说得好：“且夫天下之物，孤行则必不可无。必不可无，虽欲废焉而不能。雷同则可以不有。可以不有，则虽欲存焉而不能。”（《叙小修诗》）

笔者个人的创作，如果说还算取得了一丁点成绩，有三五条体会可谈的话，很关键的一条就是：每写一首诗或词，多少都要写出点新意思或新名堂，亦即前人诗词里没有的（说得更严谨、更准确一点，是笔者未曾在前人诗词里见到过的）东西来。构思不出新意思或新名堂，一般不轻易动笔；动了笔，也不轻易完篇；完了篇，也不轻易定稿，更不轻易示人，轻易发表。

诗词创作，“立意”是最重要的。诗词创作欲求“新变”，若从大处着眼，则首先“立意”要“新”，要“变”。十七年前，笔者写了一首题为《女娲庙》的七绝：

熟捣黄泥造一神，万民匍匐几千春。
有词念念口中在：抟土亏他初做人！

这首诗的大意是说：人们用黄泥“造”了一尊“神”——女娲，几千年来，虔诚地向她顶礼膜拜。口中还念念有词：多亏她用黄泥捏出了世界上最早的人类啊！

女娲造人的神话，见宋李昉等《太平御览》卷七八《皇王部》三《女娲氏》引（汉应劭）《风俗通》：“俗说天地开辟，未有人民。女娲抟黄土做人。”

“人”创造了“神”，而不是“神”创造了“人”，这在今天已经是常识了，没有什么稀奇。这属于共识，不是笔者的发明。拙作的“新变”在于找到了一个较为巧妙，却似乎未被前人发现的戏剧性表述结构——人用黄土造女娲神，以感谢她用黄土造人，并通过这一富有“喜剧”效果的情节去反映人类的一个“悲剧”，从而兼有诗歌的意趣与哲学的理趣。全篇没有“警句”可摘，纯粹是靠“立意”的“新变”来取胜的。

有时候，“立意”的“新变”并非仓卒之间便能够轻松办到——“创意”毕竟很难，需要较多的智慧、较大的灵感、较长时间的酝酿。退而求其次，作品里有一两个“比喻”用得新颖，用得别致，想落天外，迥不犹人，也足以令全篇生色。2002年的夏天，笔者在甘肃省甘南藏族自治州写过一首田野牧歌式的即景小诗，还是七言绝句：

连山黍麦杂青黄，茵草平铺百里长。
翡翠盘中珠一串：日之夕矣下牛羊。

远处，绵延不断的小山丘上杂种着玉米、小麦等不同品种的农作物，有的已经成熟，有的还在生长，青一块，黄一块，煞是好看。山前，绿地毯一般的草原平铺横展开来，怕有上百里甚至上千里那么长罢？太阳快下山时，牧人与他的牛羊开始还家，从山后的牧场翻过山来，进入山前的草原。也许是因为饱吃了一天肥草的缘故，那群牛羊并不争先恐后，一窝蜂似的往前奔跑，而是一个跟着一个，优哉游哉地踱着方步。远远望去，公羊母羊大羊小羊都不再有棱有角，都成了一个一个银白色的小绒球。那一个个银白色的小绒球连成一线，衬以无垠的碧草，可不就像翡翠盘里的一串珍珠？天生的好比喻，境与神会，偶然拈得，很让笔者兴奋了一阵子。“日之夕矣，羊牛下来”，是《诗经 · 王风 · 君子于役》篇里的隽语，平日读得极熟的，正好拿来作“翡翠盘中珠一串”句的谜底，于是乎顺手牵“羊”，不客气了——用人成句，诗家向来有此惯例，横竖公安局不会立案侦查。更何况《诗经》里的作品多半无主名，没有著作权人，属于公共资源。要之，这首诗的题材并不新鲜，古今不知多少诗人写过。但“羊群”—“珍珠”的比喻还算奇特，非闭门造车、凭空想象所能。有了这一点“新变”，它也就有了独立存在的价值，不至于为前人的光环所掩没了。

续说『新变』

上篇讲诗词创作“立意”的“新变”，是就全篇的整体构思而言的。这是从大处着眼，首先应该考虑的。但如果在整体构思方面想不出什么好的新招，也不妨退一步，把精力转移到局部的构思上来。一首作品，倘若能有一二处警句自出新意，让人读了眼前一亮，也就成功了一多半。

晋人陆机《文赋》说：“立片言而居要，乃一篇之警策。虽众辞之有条，必待兹而效绩。”他是泛指一切文学创作，诗词当然包括在内。

宋人张炎《词源》卷下说：“一曲之中，安能句句高妙？只要拍搭衬副得去，于好发挥笔力处极要用功，不可轻易放过，读之使人击节可也。”他虽说的是填词，但作诗也是同样的道理。

警策对于一首诗词作品来说，其作用有如球星对于一支球队，影星对于一个剧组那样重要。

如何方能称“警”？须精，须妙。而一涉陈言，一落俗套，必不能精，必不能妙。因此，“新变”自是“警”中的应有之义。

笔者的一位朋友，上海诗人杨逸明，有《元宵节漫笔》一首七律云：

闹市观灯遍绮罗，小斋闲坐欲如何？
水仙一室清芬气，酒鬼三杯潋滟波。
今夕倾城放花炮，几时寰宇息干戈！
书生且把幽帘梦，包入汤圆手自搓。

全诗佳句甚多，颔、颈、尾三联皆有新意。

颔联新在以“水仙”对“酒鬼”，妙趣横生。水仙花固然古已有之，湖南“酒鬼”酒这个品牌，却是当代才问世的，古人当然不可能写出这样的对仗来；就是改革开放前的现代人，也不可能写出这样的对仗来。这是非常新鲜的“当代”标记。

颈联新在由中国人欢度佳节，竞放花炮，联想而及世界上还有国家处在战争状态，炮火连天，从而发出“几时寰宇息干戈”的悲天悯人之叹。在使用冷兵器进行战争的古代，诗人不可能产生这样的联想。这样的诗句，只有近现代诗人才写得出来，但却不见有人写过。

结尾一联，尤为新奇难得。元宵节吃汤圆的风俗由来久矣，可是有哪位诗人想过把“梦”包进汤圆里去？更何况，这“梦”还不是一般的梦，而是对于世界和平的美好期盼。如果说颔联的“新意”还属于“小慧”，读者会心一笑即可；笔者以为，仅凭颈、尾两联，此诗便可称得上胸怀博大，构思新颖，表达奇妙，足与古之佳作抗手了！

还有一位朋友，湖南诗人熊东遨，亦长于七律。随手举其《闲居》一首：

一溪烟水伴渔樵，也学渊明懒折腰。
忆旧灯前看合影，遣怀松下读离骚。
虹因雨现终难久，峰被云遮不失高。
心境已同摩诘静，任他门外有风潮。

其颈联新警遒炼，且富有哲理，令人爱赏不置。虹、雨、峰、云，都是极普通、极常见的自然景物，极普通、极常见的诗歌意象，非任何时代之人类所可独专，亦非任何时代之诗人所可垄断。能用古往今来人人眼中所有的自然景物，人人笔下所有的诗歌意象，组合出新的意境、新的睿思、新的艺术表达，尤为不易，尤见功力。这也说明天壤之间，好诗句还多得很，远没有被古人写尽。只要不懈努力，把我们的聪明才智充分开掘出来并发挥到极致，当代诗词大有可为，完全能够做到无愧于古人！

当然，局部构思的“新变”也不是一件轻而易举的事。如果一时半会儿做不到，也还有底线可退，那就是力求在一两个字面上出“新”。

宋人胡仔《苕溪渔隐丛话后集》卷九说：“诗句以一字为工，自然颖异不凡，如灵丹一粒，点石成金也。”

“颖异不凡”，即是“新变”。古人有些名篇，其实也全靠个别精彩而未经前人如此用过的字面在支撑着。“红杏枝头春意闹”，只一“闹”字，让我们记住了宋代那位并不十分有名的词人宋祁。时至今日，人们对此仍津津乐道，但又有几人能背诵他那首《玉楼春》词的全篇呢？

诗友张青云先生《江上》七绝一首云：

万螺遥插绿深涵，俄喜风清热浪戡。
隔浦不知谁擫笛，渔舠犁破一江蓝。

江上渔笛，在古人诗词里并不鲜见，但末句一“犁”字实在用得新奇。读者试瞑目沉思，看能否想出一个更精彩的字面替去它？笔者以为不能。炼字炼到这样的境界，即便起古之作手于地下，想来也不过如此了。

作者许多年前亦写过一首江南水乡小镇即景的七言绝句：

曙气红洇麦烟绿，云英紫间菜花黄。
四邻长啭嘤嘤鸟，一镇都飘淡淡香。

江南水乡的春天，麦苗青青，油菜花黄，紫云英（一名红花草。江南农村广为种植，插水稻秧前将它犁入土中，用作底肥）开满了红色的小花，大地绿一块，黄一块，紫一块，三色相间，美不胜收。清晨，曙光初照，麦田上低低地飘浮着一层淡青色的薄烟。红色的曙光缓缓渗透那淡青色的薄烟，那种水彩画一般的韵味，没有在江南水乡生活过特别是劳动过的人，是很难想象到的。笔者鲁钝，不能传其神韵于万一。但聊堪自慰的是，一“洇”字差强人意。“洇”者，液体颜料或墨水在纤维疏松的纸上向四周渗延扩散之谓。画过国画、练过毛笔书法的人对此都不陌生。此字用来渲染此景，较为新鲜生动，自然贴切。得此一字之力，拙作或可不废矣。未知诗友们以为然否？

建议学诗先写绝句

兼谈绝句的一般作法

常常收到一些陌生诗友的来信，问初学写诗词应如何入手。这个问题，笔者觉得可以分两个层面来探讨：一个层面是形式，即优先考虑用哪种体式；另一个层面是内容，即优先考虑写哪些题材。

关于前者，笔者的建议是“先短后长”，学诗先从绝句写起，学词先从小令写起。关于后者，笔者的建议是“先近后远”，先从自己的生活、情感写起，先从自己身边的人、事、景、物写起，先从自己最熟悉的内容写起。

总而言之，是“先易后难”，循序渐进。譬如刚下海经商，财力有限，何妨先开爿社区小店，做些针头线脑、油盐酱醋的生意？等管理经验、运营资本积累到了一定的程度，再来组建大型超市、百货公司，“过把”当董事长或总经理的“瘾”，未为晚也。倘若只有“烹小鲜”的本事，那么先做餐饮也许是最明智的选择。即便有志与比尔·盖茨一争高下，且待玩转了电脑再说，慎勿贸然进军 IT 行业。

内容问题，比较简单，且缓一步讨论。先就“学诗先写绝句”这个题目，谈谈个人的粗浅之见。

绝句有古体，有近体。在近体诗中，绝句是篇幅最短的体式；在古体诗中，绝句也是篇幅较短的体式。因为短，所以易于成篇，便于初学。然而天下之事，“难”和“易”往往相伴而生，一如影之随形。从另外一个角度来审视，“至易”也可能正是“至难”。前人常谓绝句“易作而难工”，也就是说，它虽然易于成篇，但真要写好却非常困难。长袖善舞，多财善贾，篇幅较长的诗歌体式，腾挪、回旋的余地较大；而写绝句却好比在八仙桌上翻跟斗，能完成最简单的动作就不错了，再要他“后空翻转体七百二十度”，您说难也不难？

律诗通常要求两联对仗，只要一联对得精彩（如唐人王维五律《使至塞上》之“大漠孤烟直，长河落日圆”），就有可能成为名篇；而绝句并不要求对仗，事实上多数作品也不大用对仗，这就更要强调整体配合，一笔都不能松懈。因此，从基本功训练的意义上来说，学诗先写绝句是有道理的。它易而又难，较易而又较难，至易而又至难，弹性范围极大。资质平平者初学伊始即容易完稿，可以得到浅尝之下便小有绩效的喜悦，不至于知难而退；资质颖异者习之既久亦难得工妙，愈发激起继续深造而更上层楼的欲望，尤贵乎知难而进。绝句写熟了，写得像那么回事了，再来学律诗及篇幅更长一些的古体诗，举一反三，就要容易得多。

绝句通篇只有四句，每句在全篇中的作用，前人多以“起、承、转、合”四字来概括。这是最基本的作法，初学者亦步亦趋，自然中规中矩。但“中规中矩”只是一般标准，合乎这一标准的未必都是好诗。一味“起承转合”，不敢越雷池一步，千篇一律，难免流于呆板。所以规矩还要活看，不讲规矩不行，死讲规矩也不行。

以上都是老生常谈，一笔带过，下面说点个人的切身体会，请以“打排球”为喻。如果我们把诗的题目比作“对方发球”的话，那么一般说来，绝句的一二两句，所担负的任务便是“一传”。对“一传”的要求，是“垫球”尽可能到位，以便“二传手”组织进攻。谁是“二传手”呢？第三句。这句相当关键，作用也相当灵活。它可以正面“高举”，将球高高“托”起，让“主攻手”跃起作“高点强攻”，一记“重扣”，落地开花；也可以来它一个“背飞”，手腕轻轻一翻，巧妙地把球传给身后的“副攻手”，出奇制胜，打得对方猝不及防。而“攻击”的重任，非第四句莫属。“一传”不到位，“二传”便难以组织进攻；“二传”不到位，“攻球手”便难以有效地实施进攻；一二传都到位了，而“攻球手”发力不够或角度不刁，攻球质量不高，也仍然得不了分。总而言之，每一个环节都要紧密衔接，不容有半点闪失，必须如行云，如流水，收卷自如，刀不能截；水穷云起，云逝水生，氤氲一气，浑化无痕。

2002 年，笔者写过一首题为《夜登重庆南山一棵树观景台看市区两江灯火》的七言绝句：

云台露叶舞风柯，快意平生此夕多。
人在乾元清气上，三千尺下是银河！

重庆是著名的山城，南山观景台上，保留了一棵老树，故名。

“两江”，即长江、嘉陵江。在南山俯首远眺市区，两江沿岸，灯火交辉，真有蹑云驭气、下瞰银河的感觉。此诗一二两句，写台写树，写夜登此台、在此树下披襟当风时的快意，平平道来，并不十分经意，只求“一传”不偏而已。第三句陡然拔地而起，直上九霄，着力将诗境拉升到无以复加的高度，这就营造出了极大的“势能”；至此，第四句无须怎样发力（“三千尺下是银河”，全用寻常言语，不炼一字），仅凭“自由落体”在偌大“落差”条件下的“重力加速度”，也就锐不可当了。“二传”“主扣”正常配合，“高举高打”的功效，在这首诗中可以很明显地看出来。

1967 年，笔者还写过一首题为《游泳》的五言古体绝句，采用的也是这种作法：

疾风撕乱云，恶涛吞狂澍。
矫首逆江水，不向下游去！

那个夏天，正是“文革”中最混乱的时期。笔者当时才十七岁，人生道路，前景渺茫。这首小诗，即借大风雨中在长江游泳一事以抒怀言志。与上一首略有不同的是，一二两句便用力描写险恶的自然环境（当然也象喻着政治环境），渲染气氛。尽管如此，就全诗来说，它们也还不是命意所在，仍应归之于“一传”。第三句转，写自己在这样困难的条件下昂起头来勇敢地奋臂划水，逆江流而上；蓄势既足，最后跌出关键的一句心理独白——“不向下游去！”戛然而止，不必更着一字，笔者的人生态度，坚忍不拔的个性、自强不息的精神，已尽在此五言之中。这种表现张力及其艺术效果的取得，自以为仍获益于三四两句的“二传”托举，“主扣”实施“正面强攻”。

注意，这只是“一般说来”！在特殊情况下，也不妨以第一句为“一传”，第二句为“二传”，三、四两句共同承担“攻球”的重任。甚或以前三句为“一传”，第四句为“二传”——在这种情况下，前三句的任务就都是铺垫，第四句才是“得分手”，比之于“二传”，便要靠出人意料之外的“吊球”来取胜了。

七言绝句的句型配置

七言绝句，最常用的句式是“上四下三”。分得再细一点，是“二二三”。分得更细一点，是“二二二一”或“二二一二”。《唐诗三百首》里的七言绝句，几乎全部都是这样的。例如李白的《早发白帝城》：

朝辞白帝——彩云间，
千里江陵——一日还。
两岸猿声——啼不住，
轻舟已过——万重山。

分得再细一点，便是：

朝辞——白帝——彩云间，
千里——江陵——一日还。
两岸——猿声——啼不住，
轻舟——已过——万重山。

分得更细一点，便是：

朝辞——白帝——彩云——间，
千里——江陵——一日——还。
两岸——猿声——啼——不住，
轻舟——已过——万重——山。

这首诗注意把每句后三字的结构写得不雷同，一二四这三句用“二一”结构，第三句用“一二”结构。这就显得语言节奏错落有致，整齐之中有变化，不那么单调。这一点，古代优秀的诗人都能做到的。而能够做到这一点，也就合格了。

然而，我们可不可以有意识地、适当地更进一步，再做一些变化，更增添一点花样呢？比如，三句用“上四下三”句式，其间插用一句“三一三”或“一三三”句式，调剂一下节奏？

同样的道理，每句的前四个字，也不要都用“二二”结构，可不可以三句用“二二”结构，其间插用一句“一二一”结构，调剂一下节奏？

这样的句式，这样的结构，其实古人诗里都是有的，只是不常见罢了。这不是我的发明。但我想强调一下这种句式、这种结构的好处：在一首七绝里，在其他三句用“常规”句式、“常规”结构的情况下，插用一句这种“反常”句式、“反常”结构，可以使得全篇的语言节奏更显得错落有致，更显得在整齐之中有所变化。

节奏整齐是一种美，节奏不完全整齐是另一种美——“异量之美”。两者的味道是不一样的。从特定的角度看，文学是语言的艺术。艺术，是千篇一律好？还是千篇不一律好？我以为还是不一律好。

于是，我在七绝创作中，比较多地采用了这种我以为好的、不一律的模式。例如《新疆赛里木湖》：

雪岭——云杉——各有枝，
其姝——静女——自情痴。
一湖水——酝——千年梦，
恨——不知——她——梦里谁。

又如《登悉尼大桥观海日东升》：

一道——钢梁——束海腰，
横空——有客——立中霄。
两三星——火——诗敲出，
曙气——红喷——百丈潮。

又如《江苏盐城海滨湿地咏丹顶鹤》：

才听——清唳——动平皋，
便有——红霞——飐水烧。
白羽翎——飞——镞火，
霎时——沸了——海东潮。

又如《悉尼诗友所赠土仪如羊油蜂胶等，过机场时查没殆尽，戏成一绝》：

羊脂——赠别——饱行囊。
关卡——难逃——虎口张。
只——一片——心——搜不去，
走私——飞越——太平洋。

又如《江西婺源彩虹桥》：

秦汉——涛声——彻夜闻，
晓看——山湿——六朝云。
过桥客——褫——衣裳宋，
换——T恤衫——迷你裙。

当然，这只是一种个人选择，仅供借鉴。您觉得有道理，可以采纳。您觉得不好，也可以置之不理。这种对于节奏美的探索，属于锦上添花，应该以不伤害文意和文气为先决条件。

近体诗句的字声搭配

近体诗是讲平仄搭配的。一首近体诗，平仄符合，用韵不错，格律就基本过关了。但这只是起码的要求。更讲究声律的诗人，在字声搭配上会更加精细。例如仄声字里还分上声、去声和入声三种，如果一句诗里用三个或三个以上的仄声字，是不是可以考虑，不要全用上声、全用去声或全用入声呢？古体诗以声律的拗怒、倔强、健拔为美，可以不在乎这个问题。如果是近体诗，还有词，那么，适当地考虑一句之中，上去入三声错杂使用，也许更能体现出声律的和谐之美、丰富之美、变化之美。五代花蕊夫人《宫词》绝句中有一首：

> 内家追逐采莲时，惊起沙鸥两岸飞。
> 兰棹把来齐拍水，并船相斗湿罗衣。

第二句“惊起沙鸥两岸飞”，北宋欧阳修稍加改动，用进了自己的一首《采桑子》词：

> 轻舟短棹西湖好，绿水逶迤。芳草长堤。隐隐笙歌处处随。　　无风水面琉璃滑，不觉船移。微动涟漪。惊起沙禽掠岸飞。

欧阳修什么地方改了？改了以后与原作有什么不一样？哪一个更好？让我们来仔细比较一下。

原作“惊起沙鸥两岸飞”，欧阳修改作“惊起沙禽掠岸飞”，改了两个字：“沙鸥”改作“沙禽”，“两岸飞”改作“掠岸飞”。

“沙鸥”，今天我们读起来，两字都是阴平声。而“沙禽”则“沙”字阴平，“禽”字阳平，声调有变化，更好听。古代平声有没有这样细微的区别？一时不好定论。但两者吟、唱起来音响效果有差别，后者比前者更好听，是可想而知的。否则，欧阳修为什么要这样改？

至于“两岸飞”改“掠岸飞”，区别在于，“惊起沙鸥两岸飞”一句中的三个仄声字，“起”字“两”字为上声，“岸”字为去声，只用了仄声字的两种；而“惊起沙禽掠岸飞”一句中的三个仄声字，“起”字上声，“掠”字入声，“岸”字去声，三种仄声字都用上了，吟、唱起来当然更加好听。

杜甫介绍自己写诗的经验，曾说：“新诗改罢自长吟。”为什么“自长吟”？或许其中的一个原因就是要调配字声，检验改过的新稿是不是比原稿声律更美。否则，为什么要说“吟”呢？声律美不美，构成的因素当然不止字声搭配这一项。但这也是很重要的一项，应当引起我们的重视。

这是我个人读古代近体诗和词，也是我自己创作近体诗和词的一点心得，贡献出来，给诗友们参考。前不久，我到澳大利亚去讲诗词创作，写过一首七绝《悉尼歌剧院》：

谁攒琼贝立金沙？谁集烟帆走素霞？
谁把蓝天红日下，白云幻作海莲花？

四句中就有三句用了这种错杂上去入三声的字声搭配法。

第二句“谁集烟帆走素霞”，全句三个仄声字，“集”字入声，“走”字上声，“素”字去声。

第三句“谁把蓝天红日下”，全句三个仄声字，“把”字上声，“日”字入声，“下”字去声。

第四句“白云幻作海莲花”，全句四个仄声字，“白”字入声，“幻作海”三个连用的仄声字分别作去声、入声、上声。

我还写过一首七绝《江苏盐城大洋湾赏晚樱》：

洋湾莫叹赏樱迟，情定三生约有期。
为我粉身成一舞，满天飞雪带胭脂。

四句都用这种字声搭配法。

第一句“洋湾莫叹赏樱迟”，“莫叹赏”三个连用的仄声字，分别是入声、去声、上声。

第二句“情定三生约有期”，全句三个仄声字，“定”字去声，“约”字入声，“有”字上声。

第三句“为我粉身成一舞”，全句五个仄声字，“为我”两个连用的仄声字，分别是去声、上声；“粉”字上声；“一舞”两个连用的仄声字，分别是入声、上声。

第四句“满天飞雪带胭脂”，全句三个仄声字，“满”字上声，“雪”字入声，“带”字去声。

当然，字声搭配也是锦上添花的事，也应该在不伤害文意、文气的前提下进行。如果为了追求声律美而使得文意不明，文字不通，文气不畅，那就得不偿失了。

诗教原来可以是这样的

两千六百多年前的某一天，孔子与他的四位弟子闲聊，要他们谈谈各自的志愿。子路、冉有两人愿从政治理国家，公西华则希望参与诸侯国之间的外交，都比较“高大上”；唯独曾皙的志趣十分“另类”——“莫春者，春服既成，冠者五六人，童子六七人，浴乎沂，风乎舞雩，咏而归。”即在暮春三月的大好时光，换上新的春装，与一帮年轻人郊游踏青，到沂河去沐浴，湔除不洁与不祥；接着登上河边祭天求雨的神坛舞雩台，让风儿吹干潮湿的头发和衣裳；然后一路吟咏诗歌，尽兴而还。孔子生活在诸侯争霸，战祸频仍，民不聊生的乱世，一生周游列国，为推介自己的“仁政”而奔走呼号，虽历经艰难险阻，到处碰壁而不改其初衷。这样一位执着于政治的老师，理应对子路、冉有、公西华等同学的“鸿鹄之志”大加点赞，对曾皙同学的“不思进取”嗤之以鼻才是。然而令人跌破眼镜，孔老师偏偏站在了曾皙同学那一边——“喟然叹曰：吾与点也！”他长叹一声说：我认同曾皙！

孔门师生间的这次对话，被同学们记在了《论语·先进》篇里。这是《论语》中最富有文学性的桥段之一，如集先秦美文，必在首选之列。但对其要旨大义的解读，历来不乏争议，聚讼纷纭。囿于篇幅，笔者无法遍举前贤之说，且直截了当地发表自己的一点新见：曾晳所自述的人生追求，应是像孔子那样，当一名教师。所谓“冠者五六人，童子六七人”，似指其学生而言。“冠者”即刚举行过成人礼，二十岁出头的青年，约相当于今天的大学生；“童子”则是少年儿童，相当于今天的中小学生。若非师生关系，就很难解释曾晳何以有兴趣与这样两个年龄段的晚辈结伴春游。孔子固然有意于政治，但其在野的身份，其安身立命的职业却是教师。除了政治，他最重视的事业也莫过于教育了。因为古往今来，一切国家，一切民族的精英，最该集聚的两个领域便是政治与教育。执政者的优劣，决定着一个国家、一个民族当下的命运；而教育者的优劣，则决定着一个国家、一个民族的未来。明乎此，我们对孔子为何认同曾晳，就不会感到奇怪。然而，曾晳所描述的景象，毕竟只是一个理想，它只有在政治清明、百姓安居乐业的和平年代，才有可能成为常态；在礼崩乐坏、暴力横行的春秋末期，从普遍意义上说，却是一种奢侈的愿景。孔子为何在说“吾与点也”时要“喟然叹”？这三个字中，蕴含着多少感慨！它所传递的复杂信息是需要我们悉心玩味、认真揣摩的。

曾晳所描述的这一愿景，就广义而言，是一种教育模式；就狭义而言，是一种“诗教”模式。“诗教”是一种特殊的教育。它是以诗歌这种特殊的文学样式为教育手段来达成教育目标的。它的主要任务是通过诗歌阅读与欣赏、诗歌吟诵、诗歌创作等多种生动活泼的方式，使受教育者潜移默化，成长为高明、高尚、高雅的人，成长为有理想、有抱负、有担当的人，成长为爱祖国、爱人民、爱人类的人，成长为有人文情怀的人。教育包括“诗教”的形式当然应该丰富多彩，绝不仅仅是曾皙所描述之“这样的”。但曾皙的描述，还是给了我们一个重要的启示：教育包括“诗教”原来可以是“这样的”！

“这样的”之好处，在于变教师为工资而教，学生因学费而学，“准商业交易”的路人关系为父母子女、兄弟姊妹，血浓于水的家人亲情；在于变课堂教学之紧张严肃为日常生活之宽松浪漫；在于变单向的强行灌输为双向的交流互动。从孔夫子一直到近代的“书院”，中国向来就有“这样的”教育包括“诗教”的传统。可惜，“这样的”传统在现当代的商业经济大潮中久已式微。现在，是时候重新认识并发扬光大“这样的”教育包括“诗教”的传统模式了！

2017 年清明节期间，贵阳孔学堂文化传播中心、中华诗教学会、中国古代文学理论学会联合主办了“2017 中华诗教论坛”。全国各高等院校及有关单位热心于“诗教”的 30 多位老中青学者，齐集贵阳花溪河畔的大成精舍，围绕“中华诗教”这一主题，进行了全方位、广视野的理论研讨与学术交流。与会的不少年轻博士和几位年长的教授、博士生导师，恰好有着亲密的师生关系。会议之余，联袂溯游花溪，流连风景，谈诗论道，其情切切，其乐融融。此时正值农历暮春三月，杂花生树，草长莺飞。笔者忽然想到《论语》所记曾皙言志之语，此情此景，与曾皙所述之愿景何其相似？有感而发，乃赋四言诗一首。谨抄录于此，以为本文之结束，兼博与会诸君子一粲：

堂开孔学，奥许管窥。
滋兰于畹，舍我其谁。
思无邪已，诗有教兮。
既成春服，好溯花溪。
樱霞灿灿，鹭雪飞飞。
不风与浴，亦咏而归。

关于当代诗词入史问题之我见

当代诗词应不应该入史，能不能够入史？这本来不是个问题。但学术界有人对此持怀疑甚至反对态度，这才成了问题。

所谓“入史”，自然是指“写入中国当代文学史”。要回答“当代诗词入史”的问题，首先须厘清“中国当代文学史”这个学术概念。

笔者以为，“中国当代文学史”应该是中国当代一切文学创作的历史，而不仅仅是用中国当代语言（主要指现代汉语）进行的文学创作的历史。

这两者有区别吗？有！有很大的区别！

中国当代一切文学创作的历史，是一个有全局观念的大概念。举凡中国当代作者所创作的文学作品，无论其所用语言为现代汉语还是古代汉语，无论其所用文体为新文学文体还是旧文学文体，只要它具有典型意义，都应该写入这一文学史。当然，它还应该包括用少数民族语言创作的文学作品，甚至包括中国作家用外国语言创作的文学作品。由于这两者与我们讨论的问题无关，谨在此总提一笔，下文从略。

用中国当代语言进行的文学创作的历史，是一个只有局部观念的小概念。它仅限于以现代汉语创作，以现代文学样式创作的文学作品，也就是当今二级学科分类，狭义的“当代文学”。

显而易见，这两种“中国当代文学史”的视野，是不一致的。前者宏阔，而后者比较狭隘。

纵观世界民族之林，我们中华民族是最有诗意的民族之一。而汉民族，又其尤者。古往今来，汉语诗歌千山拔地，百川汇海。其优良传统，乃“喜新”而不“厌旧”。先秦时期流行的诗歌，春秋为诗经，战国有楚辞。洎汉代，乐府及五七言古体诗兴，而诗经体、楚辞体仍并行不悖。至唐代，近体诗定型，而诗经体、楚辞体、古乐府及古体诗亦不乏作者。至宋代，长短句词风行，而诗经体、楚辞体、古体、近体诗等传统诗体，仍然占据着诗坛的主流位置。下及元明清，也是古近体诗与词方驾齐驱的格局。这充分说明，任何一种真正具有高度审美价值的文学体裁，都是陈坛老酒，既久而愈醇，其生命力无可限量。五四新文学运动以来，新诗勃兴，但传统诗词并没有因此而退出文学的历史舞台。连五四运动的领袖和健将，如陈独秀、李大钊、鲁迅、胡适等，也各有诗词传世。前不久，笔者为华中师范大学文学院李遇春教授所著《中国现代旧体诗词编年史》作序，有曰：

> 自 1912 至 1949 年，中国文学史之所谓“现代”者，上承乾嘉，旧学术之薪积；东渐欧美，新文化之

风行。天雷相搏，地火并喷。鸿惊一瞥，时仅三十八年；豹变屡更，实胜百千万世。此时段内之旧体诗词，知名作家何啻千人，优秀作品何啻万篇？歌颂光明，鞭挞黑暗，唤起民众，再造共和，其功绩纵非新诗暨其他新文学样式之比，亦何遑多让耶！惜多散在日新月异之报刊杂志，犹捷羽之过辽天，灵珠之在沧海，使无人悉与网罗收拾，萃成一编，势必日就湮晦，渐为世所淡忘矣。今不百年，治现代文学者至有现代旧体诗词不宜入史之说，岂不可怪？岂不可叹？彼固昧于学理，而无从尽读现代旧体诗词，故无以得现代旧体诗词之全豹，其误亦未始非由于此。

所讨论的虽然是“现代诗词”该不该入史以及如何入史的问题，但其核心观点对于“当代诗词”该不该入史以及如何入史，也同样适用。

自改革开放以来，当代诗词一片生机。群众性的创作热潮方兴未艾。全世界不少国家和地区，主要是华人社会，有相当数量的诗词创作社团；国内从中央到各省市县乃至大小基层单位，也有为数众多的诗词学会或诗社词社；各种诗词刊物、出版物不断涌现；至于“独行侠”式的诗人，在网上发表作品或自印诗稿互相交流者，更是难以胜数。每年都有各种不同规模、不同主题的诗词赛事，参加者成千上万，参赛作品少则上千，多则上万，甚至十几万、几十万。由中国出版集团旗下的中版文化公司牵头，两年一届，至今已举办过四届的“诗词中国”诗词大赛，曾创造过一次大赛收到来稿二十多万的记录，获得了吉尼斯“世界最大规模的诗歌赛事”的认证。据搜韵网统计，当代诗词作者达三百万人之多。从作者、作品的绝对数量来看，恐怕不是过去任何一个时代所能比拟的。三百万人，往少里说，假定平均每人一年只创作十首诗词，也有三千万首。除以 365 天，则每天涌现的诗词数量即为八万多首，超过了《全唐诗》（五万多首）、《全宋词》（两万多首）的总和。也就是说，当今中国每天都有相当于一部《全唐诗》加一部《全宋词》规模的诗词问世！哪怕 99.99% 的作品都写得一般般，总还有 0.01% 的佳作吧？八万的 0.01% 是八首，每个季度的佳作数也与一本《唐诗三百首》加一本《宋词三百首》相当了。也就是说，当今中国每季度都有相当于一本《唐诗三百首》加一本《宋词三百首》规模的诗词佳作问世！仅就笔者极其有限的阅读而言，当代诗词创作无论题材内容的广泛程度，还是思想感情的丰富程度，都全面超越了古代；而在艺术表达方面，也有许多新变，非古代诗词所可以牢笼。其社会影响力，新诗或亦有所不及。如此盛况，当代文学史家若熟视无睹，无动于衷，那可真正是“一叶障目，不见泰山”了。

要之，我们今天的当务之急，已经不仅是坐而论道，争辩“当代诗词应不应该入史，能不能够入史”的问题；而是起而行，按下电源开关，实际启动“当代诗词入史”的操作程序。

对《中华通韵》颁行一事的四点浅见

秦始皇统一中国后，做了几件制订国家标准的工作，如书同文，车同轨，统一度量衡等。主观上是为了巩固他的中央集权，从政治、经济到文化等各个方面强化其统治，但在客观上也给全国人民的经济、文化交流提供了方便，有利于社会生产与生活。但有一件很重要的事——语同音，他没有做。不是他不想做，而是做不到。不但他做不到，后来的唐宗宋祖，直至清朝的康熙乾隆，任何“太平盛世”、高度中央集权、雄才大略的君主也做不到。因为中国的疆域实在太大，人口实在太多，而古代既没有录音设备，也没有广播电台与电视台，根本不具备“语同音”的技术手段。

只有当今的中华人民共和国，主客观条件皆已齐全，才有可能考虑并着手解决这一千古难题。但这也还不是可以一蹴而就的事情，需要经过几代人，甚至十几代乃至几十代人的持续努力，才能成功。不管如何任重道远，我们从二十世纪五十年代起，就通过了《汉语拼音方案》，大力推广普通话。只要脚踏实地一直走下去，我炎黄子孙终有“语同音”的那一天。

中国古代诗歌所用的声韵，最早是没有“国标”的。《诗经》《楚辞》，汉魏晋南北朝隋诗歌，每个时代的声韵各有异同，不尽一致。隋唐时期有了科举，诗赋取士，特别是到了科举制度定型的宋代，诗赋考试成为选拔官员的重要程序，这才需要制定“国标”，否则考生与阅卷官员便无所适从。今所谓“平水韵”者，便是应科举考试之运而生的“国标”。虽然唐宋元明清历代语音都不断在变化，但这“国标”基本上沿用下来。一直到今天还在广泛使用，是历史惯性所致，虽然科举考试已经废止了一百多年。

改革开放以来，继承中国古代诗歌优良传统的中华诗词蓬勃发展，诗词作者队伍呈几何级数增加，今已多达数百万之众。由于现代汉语普通话只有阴平、阳平、上声、去声，没有入声，与分平上去入四声的平水韵差别较大，故日常语言接近普通话的地区（主要在北方），诗人们往往分不清平水韵里的入声字，一写近体诗，平仄便出错。于是他们提出并呼吁废止平水韵，改用以普通话为基础的新声韵。然而，日常语言中有入声，保留古音较多的地区（主要在南方，特别是吴语、粤语、闽南语方言区），诗人们用平水韵写诗反而驾轻就熟，如改用普通话新声韵则困难重重。因此，他们多是平水韵的捍卫者，新声韵的反对者。两派冰炭不相容，各自提出了种种理由来论证自己主张的正确性。可是，不论双方的理由多么冠冕堂皇，究其本质，都不过是在争自己写诗的便利权。这场新旧声韵之争，人数相当，势均力敌，故旷日持久，迄无共识，恐怕永远也不可能达成共识。对此，中华诗词学会早就适时作出了一项明智的决定：不再进行无谓的争论！新旧声韵并行不悖，各从其便，各取所需，只要在同一首诗里不混用即可。

为了满足用新声韵写诗者的需求，一些学者和诗人编写了若干种以普通话为标准的新韵书。这些新韵书，大的方面相同，唯在某些发音相近之韵部或分或合方面有所歧异。孰是孰非，都无关紧要；要紧的是，它们都属于私人编著，都不可能成为国家标准，都缺乏权威性和法律意义。

近年来，教育部委托中华诗词学会和首都师范大学、江苏师范大学等两所高等院校，共三个单位，分别编纂了三部新的韵书。经比较，选定了其中最好的一部，即中华诗词学会编纂的《中华通韵》，提交国家语言文字工作委员会审议。2019年，《中华通韵》通过了国家语委的审查，并由教育部正式颁行。从此，中华人民共和国有了自己的具有法律效力的、具有权威性的国家标准韵书。这是教育界、文化界、诗词界的一件大事，可喜可贺。

作为中华诗词学会聘请的专家，我参加了《中华通韵》的初审工作，提出了一些意见和建议。作为教育部、国家语委特邀专家，我参加了《中华通韵》的终审会议，发表了自己的观点。兹就《中华通韵》颁行一事，略谈几点浅见：

第一，《中华通韵》与此前私人编写的各种新韵书相比较，最大的区别在于，它严格按照《汉语拼音方案》来划分韵部。韵头 i、u、ü 除外，只有韵腹的字，韵腹相同即视为同韵；兼有韵腹与韵尾的字，韵腹与韵尾完全相同方视为同韵。发音相近者，一律不予合并。这样的划分，更严谨，更符合学理，对基础教育的具体操作与诗歌写作的具体实践来说都更加简便易行。最重要的是，它更符合推广普通话的基本国策。

第二，教育部在颁行《中华通韵》一事上，态度极为审慎，考虑十分周全。只是提倡与推广使用，并未宣布废止平水韵。也就是说，对于习惯并坚持用平水韵来写诗的作者，充分尊重他们的创作自由，既不用行政手段进行干涉，也不用法律条文加以限制。

第三，《中华通韵》是适用于一切传统诗歌样式的国家标准新声韵，包括古体诗、近体诗，也包括词。它的适用范围，远远大于平水韵。平水韵只适用于近体诗，不包括古体诗，也不包括词。关于后者，我想延展开来，多说几句。

现今有许多作者认为，古人写诗用的都是平水韵。这个认知是错误的。《诗经》用的不是平水韵，《楚辞》用的不是平水韵，汉魏晋南北朝隋诗用的不是平水韵——一切古体诗用的都不是平水韵，而是各自时代大致能得到认可的韵。因为它们都不是国家考试文体，故不需要"国标"声韵。只有近体诗——近体绝句、律诗包括排律，因事关国考，才须用平水韵。我们今天如用古声韵来写古体诗，参照古人用例，不失古人规矩为宜，完全没有必要受平水韵的约束。

现今还有许多作者认为，古人填词用的都是由平水韵相关韵目合并而成的《词林正韵》。这个认知也是错误的。词也不是国家考试文体，故历代封建王朝不需要也从来没有制订过"国标"词韵。《词林正韵》只是清人戈载私人编制的词韵，没有任何法律效力。明清人编制过许多种词韵，相比较而言，《词林正韵》只是其中"最不坏"的一部。为什么不说它"最好"？因为它当不起。如果我们用《词林正韵》去检验宋词，就会发现，连周邦彦、姜夔、吴文英、张炎等当时公认的格律派大家，也是不合格的。这样的词韵，你也敢信？现今的各种诗词大赛，各种诗词刊物，各种诗词平台，每每声明参赛或投稿的古声韵词作须用《词林正韵》。作为主办方，当然有权设定“游戏规则”，我们可以承认其“合法”；但懂行的人应该知道，“合法”不等于“合理”。从学理上来说，写词以《词林正韵》为“金科玉律”，既不符合唐宋以来的创作实际，也没有任何科学依据与法律意义。我们今天如用古声韵来写词，同样以参照古人用例，不失古人规矩为宜，连押方言声韵都是可以允许的，完全没有必要受《词林正韵》的约束。

当然，如果你写诗词的目的是为了获奖或发表，那就是另一回事，那还得遵循主办方设定的“游戏规则”。有什么办法呢？在这种情境下，只能屈从“合法”，放弃“合理”。

第四，无论用平水韵、《词林正韵》，还是《中华通韵》，写出能够传世的好作品，永远是硬道理。写得好，用什么声韵都可以；写不好，用什么声韵也无济于事。将精力耗费在斤斤计较新旧声韵之此是彼非，喋喋不休于新旧声韵之此长彼短，以无益之事，遣有涯之生，实在得不偿失。还是应当谋其大，扼其要，挈其重，奔其远，唯创作真正的传世精品是务！

一己之见，未必尽当，尚祈大方之家不吝赐正。

『同光体』对当下的诗词创作有没有作用

“同光体”对当下的诗词创作有没有作用？当然有。但不可能有太大的作用。为什么？因为当代大多数，甚至绝大多数诗词作者，根本不知道“同光体”为何物。不知其为何物，“同光体”还能对他们起什么作用呢？退一步说，即便他们知道“同光体”为何物，也学不来的。因为“同光体”是崇尚宋诗的。宋诗与唐诗，特别是盛唐诗，最大的不同在于，盛唐诗重在“气象”，而宋诗重在“学问”。讲“气象”，似乎没什么学问也不打紧，有胸襟即可；而要讲“学问”，则光有胸襟是不够的，还得有“腹笥”——肚子里要有文史类古籍的万卷书。当代的诗词作者，读过三五百首古典诗词的，就很不错了——许多人只热衷于“写”，却不怎么读古典诗词的，更别说“读书破万卷”了。不读书，或读书不多，便知道“同光体”为何物，又怎样？它只是鲁智深那六十二斤重的浑铁禅杖，看得，使不得。

现在有些诗友很推崇并很努力地学作“同光体”诗，尽管人数不太多。可见，“同光体”对当下的诗词创作也还是有些作用的。他们的作品，我读过一些，确有学问好，诗也写得好的。当然，也有欠火候，写得很吃力的。但不要紧，有勇气去要鲁智深那六十二斤重的浑铁禅杖就好，谁能一下子便舞得像风扇一般？总要有个操练的过程。比起“同光体”来，笔者更喜欢它的老师——宋诗。但我也不反对那些诗友从“同光体”入手，只希望他们不要以“同光体”为止境，为终极目标。此外，笔者还想说，诗坛亦如歌坛，无论什么“体”，都不过只是一个流派而已。不好说“美声唱法”一定就比“通俗唱法”高贵，唱得好不好才是最重要的。唱得好，永远是硬道理。

要之，笔者主张当代诗人应多读书。南宋严羽《沧浪诗话》说：“夫诗有别材，非关书也；诗有别趣，非关理也。然非多读书，多穷理，则不能极其至。”学“同光体”最大的好处，是逼自己多读书。对于精力充沛的年轻诗人来说，严羽这段充满辩证法的论述应全面领会并付诸实践。至于年纪较大、去日苦多的诗人，我们只能用严羽的前半段话去鼓励他们：书读得不多，就在“别材”二字上下功夫吧。十八般兵器样样都会固然是好，但一根少林棍要熟了也能打遍天下！

异军旗帜张吾辈　短剑锋铓李汝伦

若干年前，当代诗词名家李汝伦先生去世时，笔者曾撰一联挽之，曰“异军旗帜张吾辈，短剑锋铓李汝伦”。个人对于李先生其人其诗的总体评价，大略如是。

所谓“异军旗帜”，是指在同辈作者中，他的诗词作品比较“另类”，独树一帜。中国古典诗歌传统讲究“美刺”。“美”即“赞美”，赞美作者认为真善美的人、事、物；“刺”即“讽刺”，讽刺作者认为假恶丑的人、事、物。活跃在当代旧体诗坛上的许多老诗人，作品“美”者居多；而李汝伦先生的诗词，却偏偏属于“蔷薇科”——“多刺”。非“异军”而何？不惟“异军”，且是该军的“领军人物”，非“旗帜”而何？

所谓“短剑锋铓”，则是形象地喻指其作品“近战”而锐利的风格。“刺”必有器。钝刀子割肉，半天也割不出一滴血来，故而“刺”者所操的兵器须有“锋铓”。鸣镝可以远战，“飞毛腿导弹”更不用说。攻击对象若处于远距离时空，无论“秦皇汉武”还是“美帝苏修”，作为“攻击者”的诗人自身，是安全的，尽可以大放厥词；而要“刺”那近在眼前，近在身边的假恶丑的人、事、物，特别是与有权有势者相关的假恶丑的人、事、物，便用不得“飞毛腿导弹”，只能“持短兵，斗狭巷”——那就需要侠气和勇气了。李汝伦先生诗词迥异于同辈作者的特殊风格，当于此处求之。

当代旧体诗坛为什么会出现李汝伦先生这样的诗人？因素很多。就社会因素而言，中国的封建社会特别发达，封建的历史特别漫长，封建制度与封建思想文化的影响特别巨大。由于种种原因，中国反封建的革命是不彻底的。虽然现在进入了社会主义社会，但还只是“初级阶段”，腐朽封建主义的幽灵与落后资本主义（原始积累时期的资本主义）的鬼魅前纠后缠，顽强作祟，一时半会挥之不去。因此，尽管我们在社会主义革命与社会主义建设方面已经取得了很大的胜利，当代中国仍不可避免地存在着各种社会矛盾和社会问题，存在着许多假恶丑的人、事、物。正直的诗人是社会的良心。只要有社会矛盾和社会问题，总会有正直的诗人出来为之“鼓与呼”的。不出李汝伦，也会出张汝伦、王汝伦或者赵汝伦。何况，就文学因素而言，中国古典诗歌上自两千五百年前的《诗经》，下迄二十世纪初的清末，始终贯穿着一条关注现实，关心民瘼的人道主义的脉络。“长太息以掩涕兮，哀民生之多艰”（《离骚》），屈原如此；“穷年忧黎元，叹息肠内热”（《自京赴奉先县咏怀五百字》），杜甫如此；“惟歌生民病”（《寄唐生》），白居易如此……中华民族最优秀的那些诗人，莫不如此。由于关注现实，关心民瘼，对于现实社会中致使“生民病”的制度与责任人加以揭露，予以问责，自是题中应有之义。当今社会民生，总体说来虽较古代大有改观，但不可能一步登天，不尽人意之处仍然有。那么，当代旧体诗坛出现李汝伦先生这样的诗人，又何足怪焉？最后，就个人因素而言，李汝伦先生是一位耿直狷介、爱憎分明的知识分子。1957 年，他以 27 岁的风华正茂之年，竟因言获罪，被错划右派，列入“另册”，遭到残酷斗争，无情打击。十年浩劫，折磨愈甚，九死一生，百凶遘罹。前后凡受迫害长达二十余年之久，至 1978 年始得“改正”，这时他已垂垂向老，一生中最美好的岁月，就在一个接一个无谓的政治运动中蹉跎过去了。这样坎坷的经历，足以使懦弱者雌伏，更足以使坚强者雄起——所谓“贫贱忧戚，庸玉汝于成也”（宋张载《西铭》）。人生的坎坷，下放农村“劳动改造”的经历，使李汝伦先生得以与底层民众、弱势群体亲密接触，同呼吸，共命运。因此，他对那些欺凌底层民众、弱势群体的人，特别憎恨；对那些伤害底层民众、弱势群体的事，特别愤慨。“愤怒出诗人”，而诗人李汝伦同时又恰以杂文名家，酷好鲁迅杂文，明乎此，我们便不难理解其诗词风格何以有如“短剑锋铓”——鲁迅杂文的特点，用鲁迅自己的话来说，正是“匕首和投枪”（《小品文的危机》）！

笔者对当代主流诗词刊物上众多的“赞美”诗并无偏见。一切真善美的人、事、物，都值得赞美，应该赞美。（缺乏真情实感的应时、应景之作，缺乏艺术水平的标语、口号之作，不得谓“诗”，至少不能说是“好诗”，当然除外。）但笔者同时又认为，成绩不说跑不了，错误不说改不了。言者无罪，闻者足戒。作为执政党，我们更应重视诤友（李汝伦先生是民盟盟员）。奴隶社会的周朝，封建社会的汉朝，尚且有采诗制度，设立专门机构（如汉之“乐府”），派遣专职人员（如周之“行人”），广泛搜集民间歌诗，了解民意民情，以便调整政策，缓和阶级矛盾。我们堂堂现代社会主义民主法治国家，管理社会的智力水平，岂能出周、汉之下！

李汝伦先生关注现实，针砭时弊的优秀作品甚多，这里只选评两首，管中窥豹，以见一斑。其一,七言绝句《包公戏戏咏》之《探阴山》：

鬼气重峦叠嶂蟠，回龙原板调门寒。
前台铡了后台活，脸谱重勾又扮官。

这哪里是“咏包公戏”？分明是在讽刺受处分、被撤职官员易地、易部门复出任职的怪现象。此诗用的是“比兴”手法，即比喻，言在此而意在彼，构思十分巧妙。诗人不将创作意图明白地告诉读者，而让读者自己去琢磨，因此诗趣苞含，耐人寻味。“假戏”不能“真做”，当然只能是“前台铡了后台活”；小戏班子人手有限，一根萝卜要顶七八个坑，当然只能是“脸谱重勾又扮官”。“戏场”上的“合理”现象，拿到“官场”上去如若依然“合理”，那我们严肃的“干部问责制”与娱乐大众的“作秀”又有什么区别？透过诗人的“谐”(诙谐)，我们看到的是“庄”(凝重)！

其二,七言律诗《杂感》：

花蔫草瘦柳头垂，礼失求诸野未回。
酒绿歌黄心痒痒，唇红眉黛眼飞飞。
雨零玉枕钞千叠，风入纱橱梦二堆。

上有苍鹰怜腐肉，由他公款报销归。

如果说某些腐败官员出国嫖娼，还算不得新闻的话，那么嫖娼而竟变着法儿让“公家买单”，真正是“今古奇观”了。更有咄咄怪事，某些上级领导知道了也睁一只眼闭一只眼，岂非纵容、包庇？此诗所用手法为“赋”，即直说。“礼失而求诸野”，是孔子的话，见《汉书·艺文志》。唐人颜师古注曰：“言都邑失礼则于外野求之，亦将有获。”后亦用指中国古礼失坠，而藩属国往往流风未泯，可去访求。诗人用此语典，属于高级幽默——古已有之的卖淫嫖娼在中国早已禁止，而在某些外国却还合法存在。即此一端，可见诗人学有根柢，且善于运化。能掉“书袋子”，却非“书呆子”。较之一般食古不化的学者型诗人，高明之处在于有灵动气而无“头巾气”；较于一般读书不博的才子型诗人，高明之处在于有书卷气而无轻浮气。益以末句“公款报销”云云，则又见出诗人擅长熔古语与今语、书面语与口语于一炉，相得益彰，相映成趣，具有超强的文字表现能力。

上述种种优点，在李汝伦先生的其他体裁或题材的诗词作品中，亦多所反映。

例如通篇“比兴”而意味深长，我们还可举出七言绝句《鸬鹚》：

斗笠蓑衣网四时，竹排山影伫鸬鹚。
悲怜猎水加喉锁，吞吐难为感遇诗。

又如七言绝句《鸣沙山与斗全各撮细沙一瓶》：

观来恰好伴吟声，撮座沙丘入小瓶。
大木宜然关祸口，要鸣且在里边鸣。

那渔父豢养了来充当其猎鱼工具，却被锁住喉咙，发不出自己心声的“鸬鹚”；那被关进“小瓶”中，只许“在里边鸣”的“细沙”：取譬虽异，所喻或同。它们是现实生活中哪一类人的对应物？不难体认，却未易言传。套用两句宋词，真可谓“悠然心会，妙处难与君说”（张孝祥《念奴娇·过洞庭》）。

再如寓庄于谐的高级幽默，我们还可举出其七言绝句《谢海内友好问病》：

精舍无方净六根，浮生初觉似微尘。
阎罗玉帝嫌多刺，地狱天堂两闭门。

将自己的大病不死，归功于满身是刺，故玉皇大帝、十方阎罗都闭门不纳，成仙不得，做鬼不能。

又如古体诗《卖破烂》：

朝朝卖破烂，破烂何其夥。寸缕留遮羞，崚嶒畏赤裸。欲卖儒冠贱，交易谈难妥。买一再送八，外加头一颗。四折五折焉，再搭一个我。腹笥书史藏，颅内文章锁。力尚任捉虫，骨枯宜引火。三寸摇终宵，不获一字可。如君之右名，谁不躲躲躲。废品大站东郊东，逢街便拐左左左。

整篇可作“文革”寓言读。破衣烂衫要留着“遮羞”，只有

“儒冠”可卖。无奈这顶“资产阶级知识分子”的“帽子”在当时一文不值，饶是“买一送八”(恰合“臭老九”之数),“四折五折”，另将自家作为“添头”奉送，三寸不烂之舌说了一个通宵，那收破烂的竟执意不收：像您这样的右派，躲还躲不及呢，哪敢收留？不但不收，还替诗人出了个“馊主意”：东郊的东边有个大的“废品收购站”，您老去试试运气吧。记好喽，每个十字路口都得“左”拐，向“左”向“左”再向“左”！

又如七言律诗《闲坐自遣》曰：“入无盗者诗偷去，出有车兮脚踩行。”自嘲平居耽诗而已，家无长物，故不怕盗贼惦记。出门有“车”，且莫误认“富贵”——那“车”不过是家家都有的自行车！又如七言律诗《熊鉴兄置酒邀与朱帆兄相过和熊兄》：“小弟生平思啖鬼，有劳大嫂速煎来。”玩笑语，却凸现了作者疾恶如仇的个性。

凡此种种，读来都令人忍俊不禁。

至于创造性地成功糅合古语与今语、书面语与口语，我们还可举出其七言律诗《读长恨歌》:

温泉魔水浴环肥，入则王妃出帝妃。
倾国花裳三月暮，长生殿誓一风吹。
诗劳白傅胭脂笔，泪聚蓬莱海浪堆。
仙帐绵绵多少恨，何尝二字到扒灰。

又如《满江红·友至》词的上阕：

塔影斜窗，君忽至、捣吾吟穴。相对坐，牢骚互换，漫天胡越。最不迎时仁义礼，真难出手风花雪。
突邻家、大闹迪斯科，敲铜铁。

又如七言律诗《采樵》的后四句：

阶前一叶听秋落，酒后七情随梦逃。
莫谓睡姿犹挺挺，腰儿不惯柳丝条。

又如七言绝句《武侯祠》的后两句：“独为武侯悲失策，未招皮匠百千来。”七言律诗《感时》的颔联：“营苟苟然登衮衮，乱糟糟地闹哄哄。”又如七言律诗《枪毙大贪官》的末尾：“劳等念年君好汉，当前急务觅娘胎。”好处一读便知，不必笔者饶舌了。

李汝伦先生的佳作及其妙处正多。篇幅有限，也只能尝鼎一脔了。最后，还不得不说几句批评的话，否则于辩证法似有未合。他的一些诗词作品，虽有警策而全篇尚欠浑成。其近体诗偶有犯孤平者，或平仄稍误，当属一时疏忽。又或邻韵相混，如“先”“删”不分，“真”“元”不分，“庚”“青”“蒸”不分，“萧”“肴”“豪”不分，“盐”“先”不分，“佳”“灰”不分，“微”“灰”不分。由于他是东北人，乡音中已无入声，因而其部分古体诗错将入声字作平或上、去声字押韵。其词亦有不合声律的地方。当然，这些都是细枝末节，并不影响我们对其诗词的总体评价。毕竟，我们衡量“好诗（词）”的标准，主要还是看它们的立意与构思，次则章法、句法，又次则修辞、练字，最后才是格律、声律。

浅谈当代中上水平的七绝诗创作

前几年，湖南某诗词刊物主办了“首届现代诗词大赛”。此次大赛限定参赛者所用的具体诗词体裁为七言绝句。七言绝句是当代诗词创作者最常用的诗体。它与其他诗词体式相比，虽然也有自己的个性特征，但总的艺术创作规律还是相通的。因此，用它来作样本，当代诗词创作的成就与欠缺，大致上也能管中窥豹，略见一斑。又，此次大赛对参赛作品为新作抑旧作，是否发表过，并未设限。故参赛作品也大致能在一定程度上反映出近若干年来当代诗词创作的整体状况。为什么有保留地说“在一定程度上”？这是因为，根据笔者对当代诗词创作界的了解，此次大赛似乎并不能代表当代诗词创作的最高水平，因为比较完美、没有多少瑕疵可以挑剔的作品不多。如果笔者所知的那些一流高手也都参赛，或大都参赛的话，入围作品的整体水平还应高出若干个等量级才是。不过话还得说回来，即便如此，此次大赛的成绩也算相当不错了，起码达到了当代诗词创作的中上水平。

下面，笔者就以此次大赛入围的若干首优秀作品为例，夹叙夹议，从内容与写作艺术等不同侧面，做一番评点，藉以探讨当代诗词中上水平层次创作的得失。

我们先看几首在立意与构思方面做得比较好的作品。如下面这首《卖天》：

休言小小一村官，卖地卖河还卖山。
不是清风来得紧，焉知不敢卖苍天。

不待阅读正文，一看题目就吸人眼球。凭什么吸人眼球？奇特，有悬念！“天”还能“卖”吗？谁看了这题目不急切地想知道下文？正文愈出愈奇，读到最后一句，实在令人忍俊不禁。再如下面这首《晚忽接儿子学校停课通知》：

一纸红文微信涂，几时复课待霾无。
儿童不管因何事，拍手连连作雀呼。

首句末字“涂”，我怀疑是“图”（意即“截图”）字的输入错误。“雾霾”严重，环境污染，本是人类社会的悲剧。作者却选取了小儿不懂事，一听说停课便欢呼雀跃这样一个“喜剧”性的细节，来加以反映，颇有反讽意味。套用明末清初王夫之评《诗・小雅・采薇》的话来说，真可谓以“喜剧”写“悲剧”，一倍增其“悲哀”了！又如《爱的承担》：

按房百万一肩担，背负新娘苦不堪。
散尽家资高筑债，新人从此怯生男。

房价飙升，普通民众，特别是年轻人，实在不堪其重负。然而，中国的实情，房地产市场在很大程度上靠的是“丈母娘经济”，男孩子如果买不起房，恋爱、结婚都成了问题。一句“新人从此怯生男”，是人人都明白的大实话，人人读了都“于此心有戚戚焉”，却不是每个诗人都想得到并且写得出来的！当然，此诗在语言表达方面还有可商。如“按揭购房”省为“按房”，略嫌生造。“债台高筑”改写成“高筑债”，似乎也不大通。

上面几首诗，话题都比较沉重，下面我们换换口味，举些令人愉悦的题材。如下面这首《车中》：

感君相送意拳拳，纤手稳操方向盘。
知我有言还欲吐，空街故绕两三圈。

又如下面这首《夏日忆旧之单车情怀》：

一路鸣铃笑语多，车前小妹后阿哥。
歌声忽住林阴里，羞了池边并蒂荷。

两首都是爱情诗，当代人写当代生活场景，读来令人耳目一新。

从语言表达技术的层面来说，以上所列举的几首佳作，细节上或多或少都有些需要进一步推敲、打磨的地方。但它们都是很接地气的作品，虽未必“成熟”，却不能否认其“成功”！“成功”的要诀何在？在构思！在创意！

诗词创作，什么最重要？谋篇立意！即构思要有创意。七言绝句尤其如此，因为它本身并没有什么特殊的“得分手段”——比如五七言律诗、五七言排律的对仗。

不过，话还得两下里说才全面。“战略”问题解决了，“战术”问题也该提上议事日程。100分的考卷，纵然已拿到了80分，剩下的那20分，也还是要争一争的。兵家谁不愿意“完胜”？学生谁不愿意拿“满分”？如果既有上好的立意与构思，又能在具体的语言表达技术上做到准确，精细，前后照应，逻辑缜密，岂不是锦上添花？

下面，我们再从湖南的“首届现代诗词大赛”中挑几首来读一读。

先看一首“拈大题目，出大意义”的佳作。七言绝句篇幅短小，一般来说，比较适合写小一点、实一点、具体一点的题材。用它来放眼全国，放眼世界，又能做到“大”而“不空”，言简意赅，实在不是一件容易的事。惟其甚难，一旦做到，便弥足珍贵。如《习近平主持G20杭州峰会》：

暑气秋来渐已消，风光何处最堪豪？
呼朋直上孤峰顶，指点钱塘说大潮！

诗中没有一句政治口号，没有一句概念化语言，完全是用艺术形象在说话，且紧扣“杭州”，紧扣“峰会”，不假外求，即以杭州闻名天下的钱塘江仲秋大潮来喻指世界的政治、经济大潮，写得何等大气！G20杭州峰会召开的日期为2016年9月4日至5日，恰为农历八月初，在钱塘江仲秋大潮到来之前的十余天，时令亦相吻合，具见作者文心的细密。大题大做，当以此为法！如果要说还有什么可以改进的地方，私意以为：首句嫌松了一点；次句“最堪豪”三字，用语还不够纯熟；第三句“孤峰”二字可商。杭州西湖虽有“孤山”，但山不甚高，海拔仅 38 米，只可俯视西湖，其实是看不到钱塘江的。不如改作“高峰”，杭州名胜有“南高峰”和“北高峰”，海拔分别为 257 米和 313.7 米，可以鸟瞰钱塘江。显然，同样为杭州的现成地名，用“高峰”代替“孤峰”，无论就写实而言、就寓意而言抑或就字面的吉祥而言，似乎都更胜一筹。

大题大做既不容易，“大题小做”或许是一个更聪明的选择。如《瞻杏坛感孔子学院》：

孔庙碑亭旭日中，栏边花气散春风。
游人莫小几株杏，开遍环球是此红。

这首诗写作艺术上的优点，与上一首略同，此不赘言。诗以山东曲阜孔庙的杏坛这一具体的名胜为抓手，即“小”见“大”，联想而及我国与世界上许多国家合作共建的孔子学院，巧借“红杏”这一鲜明、美丽而又为古典诗词所常用的意象，凸现了中华传统文化走向世界的大好形势。后二句写得特别精彩。“小”字本是形容词，这里用如动词，既是循古汉语的常例，也突出了传统诗词用字精练的特点。遗憾的是，诗题语言比较笨拙；前二句句法过于平顺，显得疲弱。笔者试改为《曲阜孔庙杏坛，旧传夫子讲学之所。夫子已矣，而孔子学院今则遍及世界》：“坛对大成墀殿雄，拂栏花气识春风。游人莫小几株杏，开遍环球是此红。”未知读者诸君以为如何？

入围作品中，还有一首军旅佳作《春节边城值班有感》：

西出阳关西更西，守边卫国在伊犁。
胸中十万风雷策，直向天山雪岭题。

此诗抒写解放军基层军官保卫祖国边疆的宏图壮志，精力饱满，豪气干云。“西出阳关西更西”，首句连下三个“西”字，是积极修辞的“重复”，“重复”得好，强调了我戍边官兵毅然决然辞别家乡、远赴西陲的壮举。“西出阳关”语出唐代王维《送元二使安西》诗，为人们所熟知，作者在与王维诗迥然不同的语境中用此四字，便使读者有“他乡遇故知”的惊喜与亲切感。也正由于与王维诗的具体语境迥然不同，故虽用“熟”语，却有“陌生化”的效果，仍然令人感到新鲜。美中不足的是，第三句“胸中十万风雷策”，“十万”二字夸张得过分了。“策”不在多而在精，南宋爱国词人兼军事家辛弃疾，当年向朝廷献北伐抗金之策，也只《美芹十论》而已！建议改为“胸中万字风雷策”。“万字”，气概已属不凡。又，“策”是呈送上级机关，乃至中央军委，供领导参考、采纳用的，不是用来“题”的。与“题”相匹配的文体，主要是诗词等。如果从文字搭配与相互照应的角度来考虑问题，则后二句似可改为“胸中多少风雷句，直向天山雪岭题”。

从以上三例，我们可以看出，在诗词语言表达技术方面，用字用词的准确（更高要求则是“精确”）程度，语句锤炼的精细程度，前言后语相互照应的逻辑严密程度，有多么重要！中上水平层次的作者，与一流高手的区别，往往也表现在这些方面。不少作者写作多年，写到中上水平后，长期止步徘徊于此，所难以突破的一个“瓶颈”，往往也就在这里。

一己之见，未必定是。敬请各位诗友批评指正！

评当代写亲情、友情、爱情的七绝佳作各一首

（一）李荣聪先生写亲情的七绝佳作《清明祭母》：

墓草青青节又来，杜鹃声里雨哀哀。
儿时懒散老尤甚，好想听娘骂一回。

后两句感情真挚动人，是从肺腑里流出来的。挨骂总是不爽的，哪怕是亲娘！可现在娘不在了，想听她骂也不能够了！想到她的骂，是为我好，督促我上进，那是爱呀，怎不教人潸然泪下？相信在座的朋友们都能一读就知道它的好！这是人人心中都有，人人笔下所无的好！末句纯用现代口语，放在近体绝句里，却又没有丝毫的违和感。绝句在唐代往往被歌手直接拿来作为流行乐曲的歌词唱，因此它的语言的审美倾向比其他诗体更接近于通俗。这也是用耳朵去“听”的文体和用眼睛去阅读的文体在审美倾向方面的一个重要区别。汉字的特点是单音节，一字一音，读音比较少；而同音字、同音词的数量巨大，耳朵很难一一分辨。因此，侧重于“听”的文体的最佳写

作策略，是使用常见字、浅俗语，否则听众不能一听就懂，就会产生“接受障碍”，影响接受效果。

（二）高松先生写友情的七绝佳作《西站送客》：

客中送客更南游，一站华光入夜浮。
说好不为儿女态，我回头见你回头。

这首七绝写到火车站去送别朋友。作者的发力点，最吸引读者的看点，仍然在后两句。本来与朋友说好了的，男子汉嘛，豪爽大气，分别就分别，一声“哥们，后会有期”，不就结了？你上车，我回家，快刀斩乱麻，干净利落。用不着像恋爱中的小男生小女生那样，恋恋不舍，婆婆妈妈，“执手相看泪眼，竟无语凝咽”吧。

然而，说是这样说，可实际上压根做不到啊。于是，我还是忍不住要回头去看你，而我回头时竟看到你也在回头看我！真挚的友情，就通过这样一个细节，淋漓尽致地表现出来。这也是一读就知道的好，人人心中都有，人人笔下所无的好！由于写出了人之常情，所以能深深地打动人。

（三）金中先生写爱情的七绝佳作《车中》：

感君相送意拳拳，纤手稳操方向盘。
知我有言还欲吐，空街故绕两三圈。

这首七绝，是男生的口吻。因为第二句“纤手稳操方向盘”，“纤手”是纤细的手，可见开车送我的那位“君”是女生。

“感君相送意拳拳”，是送我回同城的居所呢，还是送我到高铁站、飞机场？没说，因为不重要。开的是“奔驰”还是

“宝马”？也没说，因为不重要。七绝只有二十八个字，最明智的书写策略是“惜墨如金”。略去不重要的细节，才能腾出字位来写重要的内容。重要的是她情意拳拳地开车送我，而我十分感动。前两句虽只是平平叙事，却也该详的详，该略的略，用笔简净。

后两句一转一收，是这首诗的命意所在。“知我有言还欲吐”，那个女生知道我还有话要说。什么话？聪明的读者一看就知道，无非“我爱你”，或“我们结婚吧”之类。这句向我们传达的信息是：男生和女生实际上已经在恋爱了。这种事一般都是男生先开口啊，可那男生有点木讷，有点怯，迟迟没把心里话说出来！怎么办？得创造机会让他说啊。于是就有了下文戏剧性的场景——“空街故绕两三圈”，聪明的女生故意把车开到偏僻没人的街道上去兜了两三个圈子。

从这个细节来推测，女生应该是送男生去高铁站或飞机场，而不是同城的住所。因为同城见面的机会多，今天不说还有明天嘛。而异地恋，这次分别，还不知道下次见面是哪天呢！当然，可以视频通话啊。但这么大的事，当面说出来，当面听到才更甜蜜嘛。

这诗是虚构，还是实写自己爱情生活经历中的一个片段？不知道。即便是虚构，也是合乎生活逻辑的，因此我们读来感到十分真切。因为类似的情境——不一定要开车，走路也算，许多恋爱过的人都有切身经历的，属于大概率事件。

评诗友葛勇先生的七绝佳作《小说人生》

诗友葛勇先生的七绝佳作《小说人生》曰：

> 有人名字绕心田，借酒酣时说李娟。
> 众友无言秦旭哭：吾妻已死十三年。

作者既然自称是“小说”，我们也就当它是小说。小说的主要特征是叙事，有人物，有故事，有场景，有对话，等等。而诗歌则偏重于抒情。当然，这不是绝对的，不同文体之间，互相渗透的情况也很正常。好比音乐、戏剧舞台上的“反串”，男中音唱女高音，青衣唱花脸之类。只要唱得好，同样能赢得满堂彩。甚至因为难能而更加可贵，从而赢得更多的掌声。这首诗以小说笔法来写七绝，就很“另类”，但实在是写得好。

作者在诗里安排了两个普适性的、具有鲜明性别指向的人名：一个是女生，李娟，她已经去世了，不可能在现场。一个是男生，秦旭，他活着，在现场，是小说中的男主二。男主一是谁？小说中第一人称的“我”，尽管“我”字在诗里并没有出现。

“有人名字绕心田”，男主一出场了，他暗恋着或曾经暗恋过一个女生。“借酒酣时说李娟”，场景也出来了，是一个酒会。那个女生的名字也出来了，叫李娟。令男主一纳闷的是，他暗恋的那个李娟怎么没来呢？又不好意思露出行迹来问。借着半醉不醉的酒意，他似有心似无心地说到了那个李娟。这时，“众友无言秦旭哭”，其他人物——一帮朋友，还有小说的男主二秦旭，也都交代出来了。

这句设置了一个悬念：为什么大家都沉默，不说话，而只有秦旭一人哭了呢？最后一句，用秦旭的话给出了答案：“吾妻已死十三年！”根据诗中透露的种种信息碎片，我们可以拼合出一个较为合理、也较为完整的故事：男主一，也就是“我”，或许出国留学并工作了很长时间。由于种种原因，他很少与留在国内的老同学们互通音讯，以致对他们的种种状况不甚了了。此番回国，老同学们设宴聚会为他接风，于是发生了宴会上那令人唏嘘不已的一幕。

当然，这只是一种可能的“完形填空”。诗中空白处较多，读者也不妨各自驰骋自己的想象，代作者做出其他种种合理的、能够自圆其说的“假设”。但不管怎样“假设”，这首诗都刷新了我们对于绝句艺术张力的认知：原来绝句还可以这样写！原来绝句还能够写成这样一种微型小说，而且还能够写得这样活灵活现！

如果要说还有什么可以改进的地方，我觉得最后一句“吾妻已死十三年”，还可以斟酌。现代口语，没有人会称自己的太太为“吾妻”；也很少有人直言不讳地称太太的去世为“已死”。建议改为“娟儿走已十三年”，这样是不是更符合当事人的口语，更接近当代生活的原汁原味呢？用“娟儿”这样亲昵的称呼，完全可以表达“吾妻”的意思。用“走”这样委婉的说法，在特定的语境下，也完全可以表示人“已死”。我的这一点浅见，不一定就对，仅供作者参考。

叱犊

郭定乾

叱犊梯田闹五更，四蹄双足共兼程。
一鞭喝醒东山日，好替凉蟾照晓耕。

【评点】

○诗写农家耕田时节辛劳忙碌，却充满豪情。

○“一鞭喝醒东山日”，何其壮哉！鞭喝者，本叱牛犊，不容其偷懒。实话实说，便少诗味。却发奇想，偏说要“喝醒”太阳，替换月亮（“凉蟾”即冷月。传说月中有蟾蜍，故诗词中习以“蟾”为月之代名词），为“晓耕”照明，则诗趣盎然矣。

○“叱”“闹”“喝”相照应，“犊”“田”“耕”相照应，“五更”“日”“凉蟾”“晓”相照应，针线细密。

○“四蹄”，耕牛也。“双足”，耕田之人也。亦相映成趣。

三亚题南天一柱

林东海

南游海角到天涯，烟雨迷茫夹浪花。

忽地涛声如裂石，回眸一柱立黄沙。

【评点】

○首句缴题中“三亚”。海南三亚滨海沙滩有巨石，古人题曰“天涯海角”。

○次句承上“海”字出“浪花”。

○三句即承即转，由“浪花”出“涛声”。前为视觉形象，此为听觉形象，乃互补，非重复。首句“海角”“天涯”已暗含题有“天涯海角”之巨石，至此“如裂石”三字明点出“石”，照应甚密。忽有巨浪袭来，拍岸岩作“裂石”之声：一转有力，突如其来，令人陡然一惊。由此逗出末句，有惊无险。何故？回眸看时，身后更有一石柱耸立沙滩，上有古人题云“南天一柱”。有此柱支撑，海浪何足惧哉！

○四句小诗，平起，缓承，陡转，促使末句缴出题面关键四字，极高而坚壮，章法不弱，气势不凡。

西藏杂感

刘庆霖

远处雪山摊碎光，高原六月野茫茫。

一方花色头巾里，三五牦牛啃夕阳。

【评点】

〇写雪域高原夏日草场风景如画。“一方花色头巾”，比喻开满斑斓野花之草场，新奇似未经人道，且极优美。以小写大，恰是远望。

〇末句之“啃”，炼以俗字，不见着力痕迹，甚佳。牦牛所“啃”者草，偏不说“啃草”，而说“啃夕阳”，与上录郭诗《叱犊》“一鞭喝醒东山日”同妙。

云

楼立剑

奇峰如雪卧天涯，朝暮窗前对酒茶。
爱那十分清净地，欲锄一亩种梅花。

【评点】

〇首句“奇峰”二字，用晋陶渊明《四时》诗“夏云多奇峰”(一说为晋顾恺之诗句)，缴题面“云”。“如雪”，是白云也。

〇次句自谓早晨、傍晚时分每坐窗前，或饮酒，或品茶，闲赏天边白云。爱云之意，于此可见。

〇毕竟白云有甚好处，而诗人爱之如此？第三句挑明：爱其有如“十分清净”之“地”也。

〇末句顺势生发奇想：欲锄此地一亩，以种梅花。“如雪”“十分清净地”，自合种彼开谢如雪、十分清净之梅花！奇想突兀，却不悖诗人思维之常理。而作者所向慕之高洁品性，于是乎凸显出来。

〇“十分”二字双关。副词也，亦数量词也。“十分”，于土地面积正合“一亩”。

桂林叠彩山

宋　红

重岩叠彩路萦回，放鹤拿云上玉堆。
一脉清漓天外去，江山四望好风来。

【评点】

○桂林叠彩山有仙鹤峰、拿云亭、四望山及风洞，漓江傍山流去。诗人即将此种种景物暨景点摄取入诗。高明之处，在全无堆砌痕迹，一切安排，皆自然和谐。

岭云海日楼题句

苏　俊

东海潮来白日昏，楼头侠气最怜君。
谁知一掬哀时泪，挥去依然湿岭云。

【评点】

○岭云海日楼，近代台湾籍爱国诗人丘逢甲之书斋。甲午战争，清廷失利，割台湾与日本。逢甲组织义军抗日。兵败，携家内渡广东。此诗即吊唁逢甲，嵌入“岭云”“海”“日”“楼”五字，以切其人。

○“东海潮来”，喻日军侵台。“白日昏”一语双关，既可指日军侵略使台岛天昏地暗，又可指清廷之昏聩也。

○逢甲有心报国，壮志未酬，侠气可敬，身世可哀。言其一掬哀时之泪，挥去依然沾湿岭云，具见其对于台湾沦陷之深哀巨痛。岭南湿热多雨，作者不假他求，即以五岭云“湿”为逢甲之泪水所致，可谓精警而切近。

○吊古诗当如此做。直述史实则呆滞木讷；借形象比喻而委曲言之，则空灵隽永矣。

中秋月

林崇增

无限蟾光下九天，千山明到一窗前。
痴心但爱家乡月，不管西方圆不圆。

【评点】

○俗说有崇洋媚外者云：“西方月亮比中国圆。”固是偏见。若言中国样样都好，又不免走向另一极端，成为民粹主义矣。惟中国人、外国人，东方人、西方人，种族容有不同，而爱其祖国则一也。“痴心但爱家乡月，不管西方圆不圆”，借题发挥，直指人心，不纠缠，故妙！

北京街头卖渔具者

马斗全

聊借桐阴布地摊，知他胸次碧云端。
为怜一世多奔竞，故向京华卖钓竿。

【评点】

○大小城市街头巷尾摆地摊者甚多，北京何能例外？除名车豪宅等贵重商品外，凡物轻价廉者皆可于地摊见之，渔具亦其类也。地摊主人，不过逐微利以谋生计耳，焉有深意？然诗人词客每假托之以讽世态。明人刘基《卖柑者言》如此，今人马君斗全此诗亦如此。

○此诗要害在后二句。当今之世，人多奔竞，争名于朝，争利于市，触热走尘，可怜亦复可叹。京华乃官、商云集之地，其状尤甚。倘能拿得起，放得下，自我解脱，向此地摊买取钓竿，赋闲退隐，优游林泉，世间岂不清净许多？此乃借题发挥之法。悟得此法，便知讽喻之诗当如何着笔矣。

巴山春色

十里绿烟

惯识峰峦晴雨间，偶疑石径入青天。
满山桃李无人问，红染云霞白染烟。

【评点】

○巴山春色，在满山桃红李白。野山地广人稀，故满山桃李，略无游人玩赏攀折，自然盛开蓬勃，与云霞烟雨融为一片。桃花染红云霞，李花染白烟雨乎？抑云霞染红桃花，烟雨染白李花乎？细推物理，皆非。而在诗人眼中心中，皆是。妙在语意融通，无可无不可。要之，云霞烟雨，满山桃李，无边无际，蕴藉涵浑，此其所以为美也。

黄昏独坐

王胡子

迷离光影戏童孩，暮色如花一刹开。

却喜纤藤闲不住，独携黄紫过窗台。

【评点】

○此即古所谓“闲适诗”，颇有生活情趣。“黄昏”时分，“暮色”景象，在古人笔下，多引发伤感；而此诗一反常调，写黄昏、暮色，生机盎然，所以为佳。

○“戏童孩”，盖谓“光影”变化，如儿童般活泼游戏，比喻新颖、传神。

○“却喜纤藤闲不住，独携黄紫过窗台”二句，写活窗前牵藤植物。

哨所吟

王子江

持枪换哨下楼台，恰遇朝阳采访来。

塞上新闻随处是，春风注册杏花开。

【评点】

○写边防哨所战士生活，一扫古代边塞诗中征夫愁苦之音，展示新中国军人乐观、热爱生活之精神风貌，令人耳目一新。

○直说夜间值哨，拂晓换岗，便无诗意；说“换哨”时“恰遇朝阳采访”，则浪漫、奇妙矣。

○第三句设置悬念，引人入胜：边塞到处是新闻——究竟有何新鲜事？末句抖出“包袱”，其实也算不得新鲜事——不过岁月轮回，又是冬去春来罢了。惟言“杏花开”代表“春风”已来“注册”，以生新之意写熟常之事，则常事亦活泼泼、新崭崭矣。

燕　子

温　瑞

不畏艰辛云路遐，衔将春信向天涯。

临风一剪千山绿，只取丸泥补旧家。

【评点】

○此咏物诗也。咏物诗之佳否，须用两把尺子衡量。

○一是“即”，写得似也不似？燕为候鸟，自远方飞来，故首句写得似。燕至矣，春亦至矣，故次句亦写得似。燕尾如剪，燕识得旧栖之梁，燕能衔泥补巢，故三四句仍然写得似。

○做到“即”，只是及格。“即”可能是谜语，未必是好诗。故更须看作者能否做到“离”。即超越所咏之物，不为所咏之物拘束，就微物写出大意义。此乃更高层次之标准。执此以观，作者依然合格。所作咏燕而不止于燕，乃借燕喻人，歌颂高尚之人对于社会之奉献精神——为社会带来春天，带来美丽，而所取无多也。

秋　收

奚晓琳

播下春天种一枚，千斤希望系山隈。
秋风割进夕阳里，日子码成苞谷堆。

【评点】

○后二句特佳。

○“秋风”之凉，与刀有相似之处，故可联想而及于“割”。而“割”即“收割”，切题“秋收”。

○植物生长需要时间，农业收成乃日复一日辛勤劳动之累积。末句正此意之诗性表达也。

同学聚会

方梦凌

鬓点秋霜半世灰，重逢疑似不知谁。
梦中定格芳华旧，犹是青春靓丽时。

【评点】

○昔日同窗，多年阔别，重新聚会，生世过半，乍一见面，或不敢认。类似经历，人有难免，读此不禁感慨系之矣。善写人之常情，能使读者产生共鸣，故感人至深。

○“鬓点秋霜”，从唐人李贺《还自会稽歌》“吴霜点归鬓”句化出。何故用“点”而不用“染”？盖“染”则白发之面积大，与“半世”与“灰”似有冲突。“点”则黑白适中，符合“半世”与“灰”之实情，故精切不移。

○“梦中”云云，即苏轼《江城子·乙卯正月二十日夜记梦》词“不思量，自难忘”之意。

○“定格”二字，现代语。然此字面古已有之，唯语义不同耳。故读来无违和感，但觉其精准。

○后二句解释“重逢疑似不知谁”之缘故，极为合情合理。此乃“以扫为生”之法，一笔扫去首句之颓唐，生出“芳华”，生出“青春靓丽”来。“旧”则“旧”矣，却毕竟是人生之最亮色。以此收束，诗意翻转，颇具艺术张力。

温　泉

朱少文

溶溶一脉暖如汤，未学安流自沸扬。

最是令人堪爱处，不随世态改炎凉。

【评点】

○咏物诗，若止于“物”，虽工到极处，亦只是“好谜语”，非“好诗”。“言止有物”，恰是“言之无物”。所谓“言之有物”，要须言外有人，言外有哲理。此诗好在借“温泉”批评世俗之人。“温泉”之“热”与“冷”，皆出于自然。“世态炎凉”，人则否也。“温泉”之贤于世俗之人多矣！

黄山人字瀑

知艳斋

宛转灵源绝俗尘，苍崖素练趣尤真。

横空一篆堪回味，要做清清白白人。

【评点】

〇此诗好处同上。佳句亦在后半。惟上首“不随世态改炎凉”是否定其反面，而此首“要做清清白白人”则是从正面提倡，作法不尽相同。

纤夫吟

赵宝海

沉沉号子压雷低，身似弯弓倒影齐。
纤道如绳云路窄，拉圆旭日向天西。

【评点】

〇此诗无一字不切，无一字不工。

〇纤夫劳苦，号子安得不低沉？观者动容，心情安得不沉重？此即“切”。而以“压雷低”形容之，此即“工”。

〇逆水牵舟，吃力可知，背影安得不似弓？人单力薄，众心可恃，倒影安得不整齐？此亦“切”而“工”。

〇“纤道”多在江边山崖上，故曰“云路”；其道只容一人，故云“窄”。而逆水千里，纤道如之，既细且长，犹如绳索。而拉纤以“绳”，曰“纤道如绳”，即有就近取譬，不假外求之妙。此亦“切”而“工”。

〇末句“拉圆”二字，既开启下文“旭日”，又照应上文“弯弓”，且“纤”本须“拉”，此亦“切”而“工”。“旭日”东升，江河东流，船只逆水西上，方须纤夫牵挽，拉日向西云云，此又“切”而“工”也。

邻　居

朱继文

隔篱各自种桑麻，你酌清醅我酌茶。

蜂蝶追花过墙去，原来春色不分家。

【评点】

〇此从唐人王驾《晴景》诗翻出。王驾诗曰："雨前初见花间叶，雨后兼无叶底花。蛱蝶飞来过墙去，却疑春色在邻家。"原作好，此作翻得亦好。原作好在有悬念，此作好在有共识。

〇取古人名作以翻案，犹武林高手"借力打力"，亦是创作一法门。悟得此法，则古人有几多好诗，我亦能有几多好诗，何忧好诗尽被唐人做完？

早　春

楼立剑

嫩寒浅暖未均匀，小院风情已逗人。

才有桃花三两朵，却教蜂蝶炒成春。

【评点】

〇一、三两句扣题。三、四两句出彩。

〇三两朵桃花，只略有春意；得蜂蝶炒作，居然春光烂漫矣。"炒"字炼得妙！套用王国维《人间词话》语以评之：着一"炒"字，而境界全出。

小女跳皮筋

刘晓宁

花步轻盈不起埃，皮筋扯树笑颜开。

忽闻小雀急相告，别把我家摇下来！

【评点】

〇写儿童生活，生动活泼。有童心，有童趣。“小雀”，亦鸟中儿童也。“别把我家摇下来”，恰是“童言”。

看落花

彭　莫

一开一落即生涯，流水泥尘原是家。

教我如何忍说与，风中最后那枝花。

【评点】

〇古今诗人咏落花，佳作多矣，几使后来者无从下笔。倘不能跳出前贤窠臼，明智之举，莫若敛手。而能挑战前贤如此首者，真高手也。

〇好花不常开，一季而已，故曰“一开一落即生涯”。落花之归宿，或随“流水”，或委“泥尘”，故曰“流水泥尘原是家”。此乃一切花之宿命，人尽知之。花知不知？笔者非花，安知其知与不知？而作者笔下“风中最后那枝花”，乃真不之知。否则，何以区区一花之微，竭力抗拒宿命，坚持枝头，拒绝凋落？此种顽强之生命精神，能不令人肃然起敬乎！此种徒劳之顽强，能不令人悲咤莫名乎！故作者曰：教我如何忍心将一切花之宿命明白说与她知道也！

〇此诗题曰咏花，而所咏之花，“似花还似非花”。非花而何？耐人作三日想。笔者不欲道破，辄曰：此中有冷静之哲理，更有炽烈之感情。一味冷静，是哲人，未必是诗人。一味炽烈，是诗人，未必是哲人。寓炽烈于冷静，寓冷静于炽烈，诗人、哲人，一身而二任矣。

临邛吊古

杨启宇

停车问井访临邛，古迹犹存闹市中。
漫说文章冠两汉，输她裙色石榴红。

【评点】

〇话说汉代大文豪司马相如携卓文君私奔，曾开小酒吧于临邛，文君当垆卖酒（今所谓站吧台是也），藉色相招徕顾客。以今例古，想必生意兴隆。今之观光客到此一游，百分之九十九点九九乃“粉”文君，慕相如文章大名者能几人哉？“漫说文章冠两汉，输她裙色石榴红”，揶揄得妙！吾未见好文如好色者也，可发一叹。

无　题

依水而居

相逢网上面谋难，每爱文章涌壮澜。
酒醒中宵无睡意，鼠标作马访长安。

【评点】

○“无题”诗，自唐李商隐以来，一般即爱情诗。此诗是否沿用旧例，不得而知。从字面看，至少系寄赠网上文友者。古无互联网，故无此类内容。此即当代诗词，有当代生活、当代特色者也。

○“中宵”者，半夜也。“网虫”夜间尤活跃，传神阿堵，在此二字。

○末句特有诗趣，趣在“鼠”字与“马”字。“鼠标”虽非“鼠”，却不妨作“鼠”看。以“鼠”为“马”，可得而不“趣”乎？“长安”即今西安。以其为汉唐故都，故诗词中亦可代指京城。诗人之网上文友，不在西安即在北京也。

西藏杂感

刘庆霖

寒星渐被曙光埋，原上花迎晓露开。
山口羊唇衔日起，藏袍赶出白云来。

【评点】

○拜现代化发达交通之所赐，古人梦不能到之地，梦不能见之景，今人乃能到之，见之。然“到”之未必即能“道”之，“见”之未必即能“鉴”之。余赏此诗，盖嘉其能“道”之，能“鉴”之也。

○后二句尤佳。朝阳方从山口露面，身着藏袍之牧民便驱羊群自山口过来。须特别留意“山口”之“口”，“羊唇”之

“唇”，与下文“衔”字之配合。尤须特别留意其所“衔”者为何物。山“口”羊“唇”，所“衔”者乃旭“日”，你道奇也不奇，妙也不妙？

○“藏袍赶出白云来”，“藏袍”代指牧民，“白云”喻指羊群，只七字便一笔勾出西藏山水中一道亮丽风景，殊为难得！

庚寅游江南

独孤食肉兽

春云布景最宜蓝，柳幕藏村燕子谙。
谁揭金黄千万缎，长车一线剪江南。

莫愁湖早春

李秋霞

天光淡淡水蓝蓝，划破晨曦舟二三。
柳是莫愁针下线，细挑金缕绣江南。

【评点】

○二诗皆写江南风景，又同用一韵，故合而评之。

○前者为广角镜头，后者为特写镜头。画幅有大小，而精警无高低。

○二者取譬，皆以女红，饶有日常生活气息。喻以裁剪者，得刀尺之风快；喻以刺绣者，得针缕之细密。要之，其生新奇妙则一。

百岛湖

冉长春

绿树参差漏日斜，炊烟岛上有人家。

蓝绸一匹扁舟熨，几处镶金是菊花。

【评点】

○此诗后二句亦以女红为喻，与前二首有异曲同工之妙。

○第三句“熨”字下得好。扁舟泛湖往来，恰似熨斗巡回于绸缎，可谓形神并肖。

○后二句如改二字，则愈佳。曰：蓝“裙”一“袭”扁舟熨，几处镶金是菊花。盖绸缎宽幅整齐划一，而衣裙形状不规则，更与湖面近似。且面料通常无庸镶金，衣裙方须锦上添花也。

刘麒子先生来电嘱为国画大师所画蚂蚁题诗，云将悬挂中国美术馆展出，遵命有作

胡迎建

休言蚁小画难为，今有能人信手挥。
义胆忠肝弘勇毅，憨头钳足履艰危。
纵横在野兵团众，络绎于途步伐齐。
铁甲奔趋谁可挡，人心如此泰山移。

【评点】

〇古今草虫之画多矣，然以蚂蚁之微不足道，入画者殊为罕见。古今咏物之作多矣，然以蚂蚁之微不足道，入诗者亦殊为罕见。物稀乃贵，人弃我取，此画此诗，可悟选题要诀。

〇此诗名曰题画，实为咏物。题画之旨，只首联一笔带过。盖写生之具体而微，乃画家所长。若与画家斗其所长，亦以诗句求其形似，是自取其败。诗人聪明之处，在扬长避短，

批亢捣虚，遗貌取神，写出画中不能明确告诉观众之蚂蚁之可歌可颂者。蚂蚁之可歌可颂者何在？在微末而不自卑，在团队精神、集体主义。诗中“纵横在野兵团众，络绎于途步伐齐”一联对仗，极为传神，允称妙品。

〇末句“人心如此泰山移”，乃点睛之笔。以此收束，小题目便有大意义矣。

聂世美君以奉和昌平总编上海古籍社全国百佳出版单位评选无端出局感赋诗见示，因次韵答之

庞　坚

坊肆麻沙足占先，非明非宋竟何年？
瘝忧元道嗟前论，寥落康成废旧笺。
南国向来称祭酒，东风似此诧尧天。
惘然遵序百家姓，拜了赵公还拜钱。

【评点】

〇上海古籍出版社乃国学出版单位之翘楚，建社以来，出版大量优质古籍读物及学术著作，成绩斐然，有目共睹。乃不得入全国百佳出版单位之选，而究其原因，似以经济效益不如他社也。诗人有感于此，作诗为鸣不平。

〇宋时福建麻沙之地，书坊众多，然唯利是图，粗制滥造，错误百出，故世称劣质书籍，辄谓“麻沙本”。首联即用此典，见评选百佳出版单位不以图书质量而以经济效益为标尺之非也。

〇次联是学人之诗，是宋人之诗。“元道”，晋鲁褒字。褒

曾撰《钱神论》，即成语“钱能通神”所从出。“康成”，汉郑玄字。玄曾笺儒家经典多部。出版社既以营利为目的，则赚不得银两之学术著作，尽可废矣。此联对仗，渊雅精深，然非富于学者不能得其旨趣。

○尾联妙甚。《百家姓》之排序，赵钱孙李，周吴郑王，人莫不知。“赵公元帅”者，财神也。“惘然遵序百家姓，拜了赵公还拜钱”云云，诚可谓嬉笑怒骂，皆成文章。此等讽刺之笔，是有文化之幽默。惟有文化而且幽默，故有诗趣，故有诗味，非破口大骂可比也。破口大骂，虽然痛快，毕竟缺乏技术含量，算不得诗。

感 怀

陈正印

湖畔杏坛朝夕耕，烟波梦断羡鱼情。
绿荷每见困三伏，白发徒教添几茎。
姜拒百虫辛弃疾，樗经千岁散宜生。
夜吟聊把月当尺，量罢三更量五更。

【评点】

○此首乃平平凡凡一“教书匠”之词。

○首句自揭身份。“杏坛”是春秋时期大教育家孔子讲学之所。耕于杏坛，即教书之谓。“湖畔”云云，见得作者教书之地乃水乡也。

○次句用唐人孟浩然《临洞庭》诗“坐观垂钓者，徒有羡鱼情”句意，谓“功名”已不复可梦。“烟波”照应上句之“湖畔”，自然带出“羡鱼”，是其针缕细密处。

〇第三句“绿荷”，亦自“湖畔”“烟波”来。至第四句“白发”云云，方另起一境，见出为“教书匠”之有年矣。

〇以上娓娓道来，至“姜拒”一联，陡然翻空出奇。生姜以其辛辣无比，故能“拒百虫”而“弃疾”（去百病）；樗木以其散漫无用，故能“经千岁”（不被砍伐）而“宜生”（适者生存）。妙在用两古人名作对（辛弃疾、散宜生），用其字面义且甚工稳。性格如“姜”，性情喜“散”，夫子自道，一览便知。

〇尾联亦甚新奇，不过自言耽于作诗，每苦吟至半夜，乃至通宵达旦耳，造语却未经人道。“夜吟聊把月当尺，量罢三更量五更”，写“推敲”何其别致乃尔！

〇律诗一般要求两联对仗，一联精警，即足以传世。至于起承转合，起、承固不必定求惊人，而转、合则一定不可松懈平庸，亦如绝句。此诗好在有一联精警，且结尾别出心裁。全文虽只是普通人之寻常事，却写得倜傥跳荡，绝不平庸。

壶口看黄河

刘庆霖

西出昆仑有巨龙，烟云烘护雾藏踪。
山中养性九回曲，日里吐波千丈红。
脚步那堪半天下，情怀不在一壶中。
悬崖峭壁等闲过，吟啸能期东海逢。

【评点】

○此诗句句扣题中之“黄河”。起句咏其发源，末句咏其归宿，平铺直叙，是堂堂正正之排兵布阵法。

○颔、颈二联，将黄河人格化，深得中国古典山水诗词之三昧。且气魄绝大，笔能扛鼎。

○“情怀不在一壶中”，点题中之“壶口”，极自然，举重若轻。细细咀嚼玩味，觉其又不止于咏壶口、黄河，诗人之襟怀亦隐在其中矣。

河姆渡遗址有作

孔汝煌

渡口烟村碧鉴平，野原谁识古文明。
七千年稻火畬种，几百世田刀耜耕。
素饰陶纹犹见织，短腔骨笛不闻声。
至今鱼米桑麻地，不舍姚江昼夜行。

【评点】

○河姆渡遗址位于今浙江余姚市河姆渡镇金吾庙村，乃我华夏新石器时代最早文化遗迹之一，距今约五千至七千年，足证我中华古文明不仅起源于北方之黄河流域，亦肇兴于南方之长江流域。史前考古乃现代科学，古人未尝梦见，故诗咏阙如。当代诗词自有古人所不能涵括者，题材之与时俱进，亦其一也。

○首联点题，是常规做法。次句似提问而实叹嗟，调动读者进入诗境。颔联点其业经测定之年代，点其水稻耕作之特色，皆精切不移。

〇颈联出彩，上句一笔双绾河姆渡人之制陶及纺织技术，下句以其文化娱乐与其生产劳动作对仗。陶器有饰，悦人心目；骨笛无声，引人遐想。以典型器物为艺术概括，且兼顾物质生产与精神生活，颇具张力。

〇尾联愈加出彩。五千至七千年前之河姆渡文化精神，是我中华民族勤劳、智慧之表征，至今生生不息，前行不已，一如此地之姚江，日夜奔流。末句即“姚江不舍昼夜行”，本为调平仄而颠倒语序，然如此更动，句法愈见奇崛，是为积极修辞。此本化用《论语》：“子在川上曰：逝者如斯夫，不舍昼夜。”却变其时光流逝之哀叹为时代前行之赞颂，可谓化腐朽为神奇。以景收束，不发议论，曳情韵以行，余音袅袅，尤使读者含咀不尽。

邻　居

汪孔臣

自古远亲非近邻，于今老死不相闻。
房前摆手应招手，楼里钢门对铁门。
一院烟霞山水远，同街风雨地天分。
谁知昨夜网聊女，却是墙东冷漠人。

【评点】

〇邻里关系之冷漠，乃现代城市流行病之一。此诗痛加针砭，刻画入木三分。

〇首联化用两句成语：远亲不如近邻。老死不相往来。稍可议者，“非”字不甚精确，改“逊”似较安稳。

〇颔联精彩。“房前摆手应招手”，示意与拒绝，均用肢体语言，而懒得张口，冷漠一至于此，岂不可叹！“楼里钢门对铁门”，其门本为防盗，然并邻居亦防之矣！钢也，铁也，怎一个冷冰冰了得！

〇颈联亦精彩。前后文语皆实，皆具体而微，此正不妨稍虚，稍笼统，大而化之。好在善于调剂。

〇结尾愈出愈奇。网络之虚拟空间，街坊之真实世界，适成鲜明对照，真属黑色幽默。宋玉《登徒子好色赋》曰：“天下之佳人莫若楚国，楚国之丽者莫若臣里，臣里之美者莫若臣东家之子。东家之子，增之一分则太长，减之一分则太短；著粉则太白，施朱则太赤；眉如翠羽，肌如白雪；腰如束素，齿如含贝；嫣然一笑，惑阳城，迷下蔡。然此女登墙窥臣三年，至今未许也。”此诗“墙东”云云，盖反用此赋。却如盐着水，浑化无迹。特为拈出。

汶川大地震

玉出昆岗

艰危时刻孰堪凭？精锐遴来子弟兵。
写罢遗书从天降，迈开铁脚踆山行。
万家骨肉幽明隔，一息存亡分秒争。
我愧屏前徒袖手，求全责备恐非情。

【评点】

〇颈联以对仗叙事，洗练而流畅，无一字不工。“幽”即

“阴间”，“明”即“阳间”。人民子弟兵抢救因震灾被埋压之民众，千钧一发，刻不容缓，危难之巨大，救援之紧急，只十四字便渲染无遗。

乡村夏夜

刘如姬

农家饭罢坐门坪，天幕如绒缀斗星。
摇椅撑腰风细细，流萤照眼夜明明。
篱前竹影婆娑舞，草内虫声隐约听。
最爱清溪浮水月，一泓掬起梦晶莹。

【评点】

〇诗写乡村夏日夜晚景象，宁静幽美，如画，如乐曲。

〇次句尤佳。

〇末句尤奇。“梦”本虚无缥缈，如何可“掬”？此乃诗之神技，画与乐曲均无法表现。“晶莹”由“水月”来，关照得好，乃不突兀。

西安怀古

刘庆霖

秦腔唐乐古今闻，霸业风干剩几斤？
渭水枯成黎庶井，烽烟凝作帝王坟。
阿房烧尽星分火，雁塔劫余云抱尘。
欲向城头寻旧事，有人独自夜吹埙。

【评点】

○次句特奇。“霸业”既可以轻重论，则亦如腊肉可以“风干”而上秤称量。此非古人仓卒可得。

○尾联尤有余韵，气氛苍凉，是怀古诗之长技。以不说为说，令人回味无穷。且末句“吹埙”回应首句“秦腔唐乐”，气脉完足。

观震灾募捐晚会后有记

匆匆太匆匆

一曲安魂夜共嗟，犹闻余震撼流沙。
抑还难止屏前泪，痛不堪看劫后花。
何忍大灾全大爱，始知无国便无家。
悲情儿女多相似，各守心灯在梦涯。

【评点】

○颔联大好。句法略近宋晏殊之“无可奈何花落去，似曾相识燕归来”，而较其凝重。

○颈联议论亦好。大灾凸显大爱，是从正面说；诗人谓不忍心因大灾而凸显大爱，转一层说，更觉深沉。

如 果

彭 莫

如果来生还有缘，应该相遇在深山。
野花摇摆说风过，青草连绵趁路弯。
我正打柴刀握手，你来采药篓背肩。

尘封记忆苏醒了，就在相看一瞬间。

【评点】

〇此爱情诗也。今生相识相恋，是有缘；由于种种原因，未克终成眷属，故寄望于来生再续前缘。极惆怅事，却写得极温婉。纯用现代汉语，若新诗；味其格律，却是标准七律。当代语言与古代诗体，配合恰到好处，令人耳目一新。

〇颔联写深山景物，甚富诗意。野花能说话，青草会走路，此正诗之特技。

〇结尾亦颇动人。且回注今生。相识相恋，今生如何？不置一词，亦不必置一词。点到为止，留与读者无限想象空间。

再游刘公岛甲午海战旧地

宋　红

重入辕门事可哀，刘公岛外久低徊。
坚船利炮输银币，欧冶陶钧乏善材。
一战而亡成大辱，百年之痛发惊雷。
海涛如碧英雄血，日日挟风去又来。

【评点】

〇颈联虚字对仗自然。唯“亡”字不确，甲午海战，乃战败，非亡国。

〇尾联特遒劲。以悲壮阔大之景作结，而悲愤莫名之情尽在不言中。“碧”自是眼前海水之色，不假外求，勾出英雄“碧血”，是善于遣词者。

移新居

郑雪峰

避世无方且闭关，高楼许我寄疏顽。
香堂墨气悬新轴，影壁花枝作碎斑。
人事暂逃蝇狗外，心情原在水云间。
车雷入梦成飞瀑，一枕还如卧北山。

【评点】

○通首清雅流动，从容不迫。

○首句“避世”“闭关”，“避”“闭”同音，乃有意为之。

○中二联对仗皆佳。“影壁花枝作碎斑”，刻画阳光穿过花枝投影墙壁之状，尤生动传神。“蝇狗”者，“狗苟蝇营”之省文。

○尾联大好。楼外车水马龙，甚嚣尘上，在常人为不胜其扰攘，而诗人则酣然入梦，且化如雷之车音为山中瀑布之水声，是即陶渊明诗所谓“心远地自偏”也。“北山”，谓隐居之山林，语出南齐孔稚圭《北山移文》。

早　春

楼立剑

乱鸟喧喧落短篱，寒崩如裂薄玻璃。
环山四面春埋伏，隔岸千家雨转移。
柳吐新黄鱼欲啄，池生暖碧鸭先知。
早将诗句安排了，要报东风一味痴。

【评点】

○次句写冬之余寒转为春之乍暖，得“早春”神理。而谓冬日余寒之崩解犹如薄玻璃之迸裂，比喻既新颖又生动，是今人语，未经古人道者。

○颔联“春埋伏”“雨转移”，亦有此妙。而“春埋伏”，亦扣“早春”。

重到吴山茶楼分韵得遥

刘 雄

流年无迹没江潮，却认吴山作久要。
石友偶同分茗坐，秋魂暂得对灯销。
清言主客三更近，玄想人天万古遥。
归去嫩寒余薄醉，卧听梦雨正潇潇。

【评点】

○此首风格同上。

○首句甚慧。“流年”如水，故可设想其“没”于“江潮”。

○颈联无一字不工。主客三更，人天万古，时空距离愈大，语言张力愈大。

○尾联亦健举而潇洒。惟题曰“茶楼”，上言“分茗”，此则云“薄醉”，偶失关照，不无小疵。

当代词评点

生查子

有感于情人节

采石山人

满街玫瑰香，洒向情人节。风至此时柔，月最此时洁。　问花情浅深，花与我轻说。浅也雪如花，深也花如雪。

【评点】

○风花雪月，本极美之景物、极美之字面。然古往今来为诗人词人写烂，读者不免“审美疲劳”。此词能于千古诗人词人写烂之“风花雪月”别出心裁，所以为佳。

○首句出“花”。情人节倾城叫卖玫瑰花之热闹景象，世所惯见。如实写生，一涉商业气息，便俗，便庸。今乃曰满街花香洒向情人节，以浅净之语勾其神采，便雅，便奇。一“洒”字甚炼。花香原为看不见、摸不着之气味，着一“洒”

字，夸张其浓郁，凝为液态，居然可见、可触矣。

〇三四两句出“风”出“月”。风柔不只此时，月洁亦不最此时，而“风至”“月最”云云，主观感情色彩极强烈，可谓笔酣墨饱。

〇下片前二句愈出愈妙：拟花为人，问情浅深；拟花能语，轻轻作答。

〇后二句即花之答词，妙造其极：情浅花亦如雪，情深花亦如雪！此答于词人之问，实似答而非答，亦不答而有答。非答者，盖其未答“情”之是浅是深；有答者，盖其借雪为喻，婉言若曰：既是爱情，即如雪之纯洁，何论其浅深？以意逆志，笔者管见如此，不知能得作者之意否？

〇此二句出“雪”。前文“花”“风”“月”皆实有，此“雪”则虚拟，亦见笔法之灵动。

喝火令

负棺人

如此无依夜，仿佛沉静楼。月来灯火有离愁。愁人轻风这里，或沧海那头？　　是梦无从寄，非缘无处求。年华似雨雨如秋。忘记相思，忘却两绸缪。忘了平生几许，不忘你双眸。

【评点】

〇此离别相思之词。

〇上片似泛写众人之离别相思。长夜高楼，窗明灯火，知有人不寐。不寐之人，当明月来时，或思远隔之爱侣，故有离愁。而愁人或“轻风这里”，或“沧海那头”，人、地皆不确定，故笔者以为其所写乃众人之离别相思也。然“愁人”亦可理解为作者自我，“或沧海那头”亦可视为作者对于其所思海外恋人之揣测：或许伊人同属“愁人”，亦正思我？果如此，则是特写个人之离别相思矣。表达不甚精确，是其一病。然蚌病成珠，表达含混又可提供仁者见仁、智者见智之多重解读空间。

〇下片无疑义，确是个人之离别相思。而此离别相思，似为业已中断，尚不知是否彻底结束之一段恋情，故曰“是梦无从寄，非缘无处求”。

〇“年华似雨雨如秋”，语新而凄婉。

〇末四句，最是一篇之警策。前三句连用三“忘”字，粗心人乍读之，只道作者真个忘了此段感情经历。冷不防他末句蓦地掷出一“不忘”来——“不忘你双眸”！声东击西，出人意料，故妙。乃知前所谓“忘”者，实为末句之“不忘”造势。此段感情经历之刻骨铭心，于是乎淋漓尽致矣。

〇然“忘记”三句亦不无小疵：曰“忘记”，曰“忘却”，曰“忘了”，似有意避免重复“忘”字后表示完成状态之字面。而细细吟哦，终不如作“忘了相思，忘了两绸缪，忘了平生几许，不忘你双眸”为整饬流利。盖《喝火令》调结尾，例多用排比句式故也。

西江月

女儿本命年生日，当升初中矣

盖涵生

蜡烛应排一打，蛋糕最好三层。月儿有空也欢迎，更把星星叫醒。　　属虎生涯恰到，成龙事业初程。梢头豆蔻欲婷婷，心愿有谁偷听？

【评点】

〇此词写小女生日，富有生活气息，而父母对于子女之慈爱洋溢其间。

〇上片是现代汉语，而亦邻于浅近文言。

〇起二句对仗，盖循《西江月》调惯例。以现代汉语对仗，工稳自然，十分难得。

〇“蜡烛一打”，为数十二，切题之“本命年”。“蛋糕”，切题之“生日”。

〇“月儿”两句打破思维定式，不写亲友到场祝贺，却邀月亮星星作陪，一何浪漫，一何空灵！其艺术构思与宋人张孝祥《念奴娇·过洞庭》词之“尽挹西江，细斟北斗，万象为宾客”相类，语言风格却有古今之别。

〇下片是浅近文言，而亦去现代汉语不远。

〇前二句，仍循例对仗。“属虎生涯”“成龙事业”，浑成精切，颇见功力。“初程”切题之“当升初中”。“成龙事业”而限以“初程”，分寸拿捏，堪称得体。其艺术构思与南唐中主李璟少时《咏竹》诗之“栖凤枝梢犹软弱，化龙形状已依稀”相类，而语言风格亦有古今之别。

〇行文至此，题意几尽，唯有一关键词尚无着落——“女儿”，盖前文云云，用于男孩亦无不可也。故以“梢头豆蔻欲婷婷”七字找补。语出唐人杜牧《赠别》诗“娉娉嫋嫋十三余，豆蔻梢头二月初”，如改“欲娉娉”则更切。然“婷婷”

较“娉娉”为通俗常见，不改亦佳。“欲”者，“将”而“未”也。作者小女年方十二，距杜诗“十三余”仅一岁之差，故言“欲”。即此一字，足见作者针缕之细密。

○结以“心愿有谁偷听”，亦酷肖小女孩儿隐秘不许大人知之常态。结得神秘，结得蕴藉，余韵袅袅，趣味无穷。

鹧鸪天

耕读乐

贺　刚

乐得平生诗结缘，寒轩敲韵月斜天。一犁烟雨耕春早，初晓清歌唱鸟先。　枫岭上，柳溪边，霞云借块作吟笺。老牛欺我痴迷甚，悄步偷偷进菜园。

【评点】

○此词写农民诗人不辍劳作而耽于吟咏之生活状态，清新明快，风趣盎然。

○其时间线索，由长夜而清晨，由清晨而黄昏。其场景画面，由庐舍而田野，由田野而家园。顺序写来，有条不紊。

○其散句如“寒轩敲韵月斜天”，如“霞云借块作吟笺”，其对句如“一犁烟雨耕春早，初晓清歌唱鸟先”，或遒劲，或奇谲，或流丽而洗练，皆隽语也。然阿堵传神，尤在结尾：老牛狡黠，伺词人创作分神之隙，溜进菜圃，大快朵颐。幽默之极，令人忍俊不禁。

○稍可商者，题中“读”字与正文不合，改换为宜。末句“悄”与“偷偷”意义重复，亦当推敲。

江城子

盼　雪

伍锡学

才收晨雾散云烟，柳莺喧，露华妍。笛笛轻车，又到一批官。含笑女郎忙接待，鸡豚美，果瓜鲜。检查考察复参观，菜盘边，酒杯前。力尽精疲，场长祝苍天：你若有情怜我辈，快下雪，早封山！

【评点】

○此讽谕之词也。所讽者，上级官员巧借“检查”“考察”“参观”等各种名目，至基层吃喝玩乐之丑恶现象。昨日官场，此风颇不鲜见，故作者予以揭露、针砭。

○起三句，宿雾晨消，莺喧花露，阳春天气，乐景悦人。继二句，词情陡转，由乐生愁。车队鸣笛，呼啸而至。“又到一批官”，“一批”见其人数之众；“又”字是加倍法，此前不知来过几批，隐然言外。

○继三句，顺承铺叙，强颜作欢。官到例须招待，故有女郎含笑，鸡豚肥美，瓜果脆鲜。“含笑”乃职业规范，不得不尔。词人冷峻，只写其表面。读者至此，欲哭无泪。

○过片三句，首句荡开，点出来者所打幌子之冠冕堂皇；二三两短句拖回，跳衔上结，明言此帮不速之客毫不客气，推杯换盏，一逞饕餮。靡费公帑，倒也罢了，而基层领导，疲于陪客，耽误多少工作！故有下文云云。词人代此“（林场？）场长”向上苍祈祷，恳求老天爷“快下雪，早封山”。其事其言不必真有，而其情其理深得其“真”！此文学艺术之“真”，固高于生活实际之“真”也。然此方莺花三月，大雪封山，时日尚遥，岂易盼得？即令熬到大雪封山，亦不过暂时缓一口气，明春冻解雪融后，又如之何？读者休责词人虑事不周，词人于此戛然而止，实乃高明之笔。此之谓“留白”，预留思索空间，以利调动读者之参与也。

〇今者党中央雷霆万钧，惩治贪腐，并严肃党纪，完善制度，此词所抨击之不良风气，根除有望。果然，则此类词不再有，幸甚至哉！

『首届现代诗词大赛』部分入围作品评点

烟　花

万紫千红上夜空，花开不必借东风。
人间哪个倾城色，不在繁华一瞬中。

【评点】

○此诗有警世意义。语言表达亦纯熟流畅。

○次句略嫌游离。

○两“不”字非积极修辞，似当避重。

村居春晚

人家散落小桥西，灯火如萤月满畦。
春韵今宵初试手，一川蛙鼓竞高低。

【评点】

○写乡村夜景，有声有色，生趣盎然。

○“春韵”“试手”，搭配不当。且以“韵”拟“蛙鼓”，终觉不侔。

宿滕州红荷湿地

渔光点点对星光，密树如帷岸作床。
一夜清风凉入枕，梦醒肌骨透荷香。

【评点】

○写湿地夜景风流蕴藉，甚有韵味。语言表达亦纯熟老到。

○“密树如帷岸作床”，改“芦荻如帷艇作床”似更切当。

游上海朱家角

小巷弯来湖上风，灯笼挂出半江红。
穿桥那杆船工橹，摇进儿时甜梦中。

【评点】

○清新可诵。

○“弯”字炼得妙。

○“江”字不切。此镇所濒者河，非江也。改“灯笼挂出水檐红”如何？

○后二句用江南歌谣“摇啊摇，摇到外婆桥”语意，亲切有味。

垂 钓

清风相约会南林，默坐江边借绿荫。
虹作鱼竿星作饵，青山伴我钓闲云。

【评点】

○风流潇洒，诗笔亦纯熟老到。

○后二句语意甚新，惜“星”“虹”不得并见。

山里人家

松环竹绕水涓涓，觅食群鸡逐野田。
更有天真黄胆雀，将窝垒到院墙边。

【评点】

○写出人与自然之和谐，后二句尤亲切。

○语言表达亦较圆融流畅。

○“天真”二字，究以不明白说出为好。

观棋绝句

半局沉吟失胜筹，推枰一笑子轻投。
座间剩有观棋客，指顾纷纭辩不休。

【评点】

○颇有生活趣味，语言表达亦圆融流畅。

○题中“绝句”二字为赘，可删。

○“座间”改“周围”似更生动。

南京李香君故居

寂寞兰房空锦衾，香魂何处觅知音？
可怜一柄桃花扇，撕碎千秋儿女心。

【评点】

○怀古之佳者。

○“可怜一柄桃花扇，撕碎千秋儿女心”二句尤佳。惜未攫出民族大义。画龙究当点睛。

梨　花

枝清蕊小月边伸，拂却星光未着尘。
我似梨花卿似雪，年年只隔一重春。

【评点】

○诗味隽永。“我似梨花卿似雪，年年只隔一重春”二句尤佳。

○惜首句语言稍欠火候，不甚圆融。

打工人家

新年刚过又离村，临别低头亲又亲。
待到明晨儿醒后，爹妈已是外乡人。

【评点】

○诗可以怨，以情动人。

○“又”字重出，非积极修辞，可避也。

○“临别低头亲又亲”，改“临去俯身亲又亲”似更为精切。

○“待到”，两去声。可改“待得”，去入。句末“醒后”，上去，如此则一句之中，仄声上去入三声调错杂用全，更为美听矣。

卖　天

休言小小一村官，卖地卖河还卖山。
不是清风来得紧，焉知不敢卖苍天。

【评点】

○善刺，末句尤奇而谑。

○惜语言稍欠火候，不甚圆融。

○“休言”，改“莫看”如何？

○“不”字两见，似可避。改“若是清风来得缓，焉知不敢卖苍天”如何？

蛾　眉

款款飞花带醉颜，淡然心海泛微澜。
天涯月似人羞怯，只许多情露一弯。

【评点】

○后二句风情蕴藉，似未经人道过。

○第一、二、四句为“四三”常规句法，第三句插用“三一三”句法，便觉灵动。

○惜首句“带醉颜”三字有凑趁之嫌。

早　春

燕未归来莺未闻，桃花初孕柳初新。
深深小巷花花伞，撑出江南二月春。

【评点】

〇甚有情韵，语言亦纯熟流畅。

〇惟古典诗词例用农历，“二月”已仲春矣，非复“早春”。二十世纪六十年代国产电影有《早春二月》，已先此误，不得引为口实也。

雨　夜

窗前小雨落霏霏，静夜观书渐入迷。
小女他乡来短信：天寒记得要加衣！

【评点】

〇善写亲情，有当代生活气息。

〇改题目“雨夜”为“雪夜”，正文“小雨”为“小雪”，似更贴切。

牧羊人

莫道萍身不入流，牧山牧水牧春秋。
羔羊或是前生我，纵使挥鞭不忍抽。

【评点】

〇二、三、四句皆新奇，“羔羊”二句尤妙，似未经人道过。

〇首句嫌生硬，“纵使”二字亦失之松懈。

〇题中“人”字多余，似可删。

〇古汉语中，凡“抽打”义，一般用“鞭”或“笞”。

夏日忆旧之单车情怀

一路鸣铃笑语多，车前小妹后阿哥。

歌声忽住林阴里，羞了池边并蒂荷。

【评点】

〇风怀旖旎。

〇“鸣铃”改“银铃”似更佳，以其可双关车铃与笑声也。

〇此单车为二人所共耶？抑二人所各耶？无论如何，“车前后”三字细思皆有语病。

〇衡以常态，“池”似不应在“林阴里”。

〇后二句妙在不从正面直说。

花圃观苗

上海春天有办“花会”习俗，每逢花会，各种花展争奇斗艳，游人如织，今观苗圃有感。

嫩枝簇起一丛丛，花会频吹上市风。

我放新歌先入股，到春深处好分红。

【评点】

〇构思甚奇。“上市”“入股”“分红”用现代语，亦活泼有趣。“分红”双关，尤妙。

○末句前四字用“一二一”句法，活。

○小序文字不甚措意，尚须精炼提纯。

建筑民工

工棚低矮入霜寒，夜数繁星怕影单。
还是锄禾那双手，种成大厦到云端。

【评点】

○有人文关怀。

○后二句构思甚奇，而“种”字刻意，求奇过当。

情　诗

不在眉间在指间，恼人回忆写还删。
欲知情事究多少，问取春来水一湾。

【评点】

○所选情节甚有新意。

○“究”字于古汉语表达习惯似有未合，改“竟”为佳。

○末句妙在顾左右而言他。答则有限，不答则无穷。

代牛自咏

春来万事要争先，欲奋勤蹄不敢眠。
只恐耕田看又少，来年无事赋清闲。

【评点】

○后二句善讽，妙在侧戈一击。

○“来”字“事”字两见，非积极修辞之重，可避也。避亦不难，作“明年失业”即可。作“明年下岗”亦佳。

龟峰红杜鹃

岭上嫣然日暖融，云霞遍野火熊熊。

春山不语花如海，演绎惊天动地红。

【评点】

○有境界，有气势。后二句出彩。

○“演绎”二字用现代语，有如盐着水之妙。

○“惊天动地”成语，不善用者用于前四字，善用者用于中四字。

○“日暖融”，语嫌生。

○杜鹃花在山不在野，故“遍野”二字亦未安。

春　池

初春夜雨涨池塘，晨柳垂条碧玉妆。

浣女低眉频对水，青丝更比绿丝长。

【评点】

○有诗意，构思亦新鲜。

○惟第三句语嫌生硬，且未得要领，当以突出其劳作姿态为佳也。

重 九

老来何必惧秋霜，但把闲情寄晚香。

画得一枝清瘦骨，无须只字注重阳。

【评点】

○此诗咏菊，语健笔老。

○末句尤新。惟已言“无须只字注重阳”矣，似不必更题“重九”。

雪后山行

淡淡村烟点暮鸦，残阳带醉岭边斜。

凭谁窃得偷春笔，遍向寒枝写杏花。

【评点】

○风流蕴藉，诗笔老到。

○此“杏花”当从“雪后”“偷春”云云着想，方知其妙。真以为“杏花”，便误。惟“杏花”虽有白者，而主于红。欲专用白，改“李花”如何？

○“窃”“偷”重出，要是一疵。

客中杂咏

三更霜月露中凉，孓影残杯夜未央。

泼墨成峰千百顷，竟无一石似家乡。

【评点】

○后二句语意精新，似古人所未曾道。

○首句“霜”“露”相犯。

○次句“孓影”当作“孑影”。

怀稼轩

茅檐青草是君家，独立苍茫落日斜。

此老胸中龙虎气，归来却种故侯瓜。

【评点】

○怀古有韵味。

○“茅檐青草”，盖用辛弃疾《清平乐》词“茅檐低小，溪上青青草”。然此自是稼轩笔下之农家，非稼轩自己之家，故下不得“是君家”三字。改“是”为“似”稍安。

钓　鱼

位重钓鱼何用纶，鱼儿自己上朱门。

玄机就在拳中握，舍得松开有几人？

【评点】

○善于讽刺。

○“拳”似用为“权”之谐音。

○“纶”“上朱门”皆欠精切，稍嫌凑韵。

玉龙雪山

自凭高度傲苍穹，何必皇家信口封。

遥望东西南北岳，剩谁不在雾霾中。

【评点】

○好在末句侧戈一击，出奇制胜。

○前二句与后二句，有欠于逻辑关联。

初四回乡祭婆母

别来十载在殊途，思念随春每复苏。

偷塞红包犹似昨，坟前置酒识儿无？

【评点】

○情深而挚，颇能动人。

○婆媳亲情恩义，乃止“偷塞红包”一事可记耶？

○“偷塞红包犹似昨”，语有病而义或歧。改“偷塞红包事犹昨”，似较精切。

题吹喇叭者

摇唇鼓舌为他谁，莫道人前不作为。

一口气教天下晓，鸣声还靠自家吹。

【评点】

○甚有讽刺意味。后二句尤谑。

○“题”字可省。

○“摇唇鼓舌为他谁，莫道人前不作为”，倒作“莫道人前不作为，摇唇鼓舌为他谁”，语更顺。通篇作“折腰体”，亦无忤于格律。

西安唐大明宫梨园遗址

昔日楼台化土灰，青葱小树又新培。

不知千载宫廷曲，唱乱江山多少回。

注：“梨园”原本是唐代皇宫中训练歌舞伎的地方，因园中多植梨树而得名。

【评点】

○怀古咏史，以微见著，大有意味。

○“昔日楼台化土灰”，“楼台”处处有之，究嫌宽泛。改“昔日殿堂成土灰”如何？

香山觅红叶

山门无意几枝红，好景还思在远峰。

踏遍群峦回首望，原来最美是初逢。

【评点】

○有诗趣，亦有哲理。

○题如压缩至四字，或较合诗词命题规范。

○“山门无意”“好景还思”等语，稍嫌生硬，不甚圆融。

晚忽接儿子学校停课通知

一纸红文微信涂，几时复课待霾无。
儿童不管因何事，拍手连连作雀呼。

【评点】

○可悲之事，偏写得妙趣横生，颇具反讽意味。

○题目尚可凝练，如《小儿学校通知停课》。

○诗中“儿童”，亦可改“小儿”。

○首句语不甚通。

夏日拾句

偏喜花香共酒香，荷姿人影两相望。
诗心却向柳丝系，醉入清塘钓月光。

【评点】

○风流蕴藉。

○题作“夏夜”为确，“拾句”二字可省。

○“清塘”语生，改“清池”如何？

○荷塘多不见水面，恐无“月光”可“钓”也。

咏拐杖

非妻非子亦非孙，或竹或柴棍一根。
无欲无私更无怨，与卿携手步黄昏。

【评点】

○语意甚新。

○末句“黄昏”二字双关，尤佳。

○第三句弄巧成拙。此等句可一可再而不可三，况又直白而过甚其词乎！

夜眠乡宅

醉眠乡宅梦回家，醒倚柴窗看月斜。

一树清辉原不重，三更压落紫桐花。

【评点】

○月光压落紫桐花，语意新奇而妙。

○“梦回家”三字，似与主题及正文无逻辑关联。

野　菜

葱葱郁郁自生华，无误良田桑与麻。

最喜一盘春味道，乡情不再隔天涯。

【评点】

○后二句语意精新。

○“野菜”以矮小为常态，恐当不得“葱葱郁郁”四字。

○次句“无误良田桑与麻”，似嫌多余。

小小新娘

手搭轿杆抬小丫，红裙麻辫脸如霞。

丝巾一盖叫声起，尤记新郎正换牙。

【评点】

○一片天真，甚有童趣。

○“尤记”似是“犹记”之误。

春　钓

水满池塘绿满梢，天晴试钓坐村郊。

顽皮稚子倾银篓，捉得鱼虾喂小猫。

【评点】

○后二句好，写童趣而能传神。

○首句“水”字可改“碧”，以与下文“绿”字相匹配，更为整饬。

○“顽皮”二字，不明写出或更耐玩味。

○“银篓”生硬，苦无来历，尚可推敲。

洺河边

草翠河清紫鸭凫，堤边漫步野花姝。

悠悠垂柳浑无趣，牵着春风戏小鱼。

【评点】

○后二句清新可咏。

○“牵风戏鱼”，实有情趣。“无趣”二字，改“无赖”或较传神。

用李梦唐韵咏鹤

风露深宵畏鼓琴，疏翎久敛莫漫吟。
孤山水冷梅应绝，老却千年舞月心。

【评点】

○诗笔老到，拟古而能分庭抗礼。终是缺少当代气息。

○题只用一“鹤”字足矣。

○“梅”傲霜雪，似不应以“水冷”而遂“绝”。

咏　荷

又见湖边翠叶堆，清风亭上自徘徊。
诗怀今也含苞久，欲共新荷一处开！

【评点】

○后二句语意精新。

○“湖边翠叶”略嫌浮泛，如能攫出荷叶特点，则无憾矣。

○“今也”不如用“今亦”。盖“也”“久”皆上声，吟来稍觉疲软。改用一去声字，较能响亮健举。

木兰溪即景

淡痕一抹出峥嵘，十里风光破晓清。
我自兰溪长纵目，敞衣欲蓄碧涛声。

【评点】

○后二句精悍。

○“风光”二字稍泛，下得率意。

○“兰溪”改“临溪”，避去题中溪名为宜。

○“敞衣”与“蓄”，未能协同。改“襭衣”如何？“襭”者，以衣襟兜物而系于腰也。如此，“涛声”即可“蓄”矣。

凉白开（新韵）

偏从平淡显真功，久品方知滋味浓。

莫谓清凉识本性，曾经火热沸腾中！

【评点】

○诗材不必天边，眼前亦多有之。我辈熟视无睹，每每失之交臂。诗人可谓独具只眼。

○后二句甚有意味。

○首句“显真功”，直说便不耐咀嚼。

○“莫谓清凉识本性”，改“莫道清凉是本性”，语更圆融。“莫谓”偏文，《全唐诗》中仅见僧齐己一人二例；“莫道”通俗，用者多不胜数。而绝句语言，固以通俗为尚也。

竹　笋

虚心抱节土中埋，力顶千钧未可摧。

莫道寻常甘寂寞，冲天只待一声雷！

【评点】

○后二句以气象、气势胜。

○“虚心抱节”是竹，而非笋。改“雄心藏节”如何？

○“力顶千钧未可摧”，“未可摧”三字尚待斟酌。

爱的承担

按房百万一肩担，背负新娘苦不堪。
散尽家资高筑债，新人从此怯生男。

【评点】

○有社会现实意义，构思亦新而妙。

○题目用语尚须推敲，务求精切。

○“按揭购房”，压缩为“按房”二字，作者当地或有此用法，而未通行于全国，究以不用为宜。

○“散尽家资”，每用于仗义疏财，“散”字尚待推敲。

○“债台高筑”减字作“高筑债”，便不甚通。

○“新娘”“新人”重出，非积极修辞，当避。

老家通火车喜作

二亩薄田闻斫畲，羊肠道上岁无涯。
今朝汽笛寒空破，唤醒巴南十万家。

【评点】

○低开高走，甚有艺术张力。

○“二亩”与下文“十万家”，有欠于照应。改“闻斫畲”

为“各斫畬”，以明此乃家家户户之普遍状况，则可矣。

○“寒空破”，动宾倒置，语终不顺。改“破寒碧”如何？

种酸枣

谁家开矿炮连天，眼见高峰坠九渊。
我种几枚酸枣籽，示儿此处本青山。

【评点】

○关注环保，针砭时弊，意思甚好，构思亦奇。

○所惜逻辑不尽周延：酸枣若平地可种，何以能见此处本青山也？

狗尾草（新韵）

小小轻盈碧绿身，风中摇摆抖浮尘。
虽呼狗尾何曾乞，装点青山作主人。

【评点】

○咏物有新意，亦有新义。

○第三句自成语“摇尾乞怜”想出，妙。

○构思逻辑稍似可商：青山主人，自是参天大树，何曾轮得到狗尾巴草？改“装点荒山”为较精确。

『纪念黄庭坚诞辰970周年全国诗词大赛』一二等奖作者作品评点

纪念一位著名诗人，最好的方式是写诗。为什么？《庄子》有云："指穷于为薪，火传也，不知其尽也。"

2015 年适逢北宋著名诗人、江西诗派始祖黄庭坚诞辰 970 周年。为隆重纪念中国历史上这位伟大的先贤，传承其文化精神，促进和繁荣中华诗词创作，中华诗词学会主办，江西省诗词学会、北京华夏翰林文化艺术研究院、黄庭坚故乡江西省修水县黄庭坚纪念馆及山谷诗社联合举办了"纪念黄庭坚诞辰 970 周年全国诗词大赛"。大赛自 2015 年 3 月开始征稿，8 月底截稿，历时近半年，共收到海内外 5000 多位诗人的数万首应征作品。从地域来看，作者遍及全国所有的省（包括台湾）、直辖市、自治区和特别行政区，还有一定数量的海外侨胞；从年龄来看，作者面覆盖了从 30 后到 90 后的各个年龄段；从身份来看，作者中工农商学兵乃至党政领导干部，各行各业，靡不涵括；从作品的题材来看，缅怀山谷道人之作占较大比重，固是题中应有之义，而吟咏时政，咏怀抒感，托物言志，咏史怀古，模范山水，歌唱爱情等，应有尽有，琳琅满目；从作品的体裁来看，古体、近体，齐言、杂言，长调、小令，各体皆备；从作品的风格来看，或慷慨激昂，或沉郁顿挫，或粗犷豪快，或细腻温柔，或清新隽永，或生动活泼，或幽默诙谐，或辛辣尖锐，也百花齐放，美不胜收。在近若干年来全国各地举办的各类诗词大赛中，无论就参赛人数、诗词篇数抑或作品质量与水平而言，此次诗词大赛都是最成功的赛事之一。

大赛评委会的 9 名终评评委，以公平公正、认真负责的态度，在互不通气的状态下，各自对初选入围的 2000 多首作品，独立评判打分（百分制）。由于是匿名评审，作者的姓名、身份隐去，代之以编号，终评评委给分的唯一凭据，是作品本身的质量。最后，按各位作者的总分高下，评出了一等奖作者 2 名，二等奖作者 5 名，三等奖作者 15 名，优秀奖作者 200 名。

大赛组委会领导命笔者对这次大赛的获奖作品予以评论。屡辞不获，只得从命。但笔者只是 9 名终评评委之一，并不能代表整个评委会，因此，下面发表的意见仅为个人的一孔之见。又，每位获奖者的作品，各有其鲜明的个性，从严格意义上来说，无论优点或缺点，也都属于其个人，无法代表整个当代诗词创作界。故笔者以为，采用就事论事，一诗（或词）一议的方式，较为合适。兹对此次大赛获一、二等奖的作者，各选其代表作一首加以点评。

一、星汉（一等奖作者）：癸巳秋参观黄埔军校感赋

我带西风入此门，珠江无语送斜曛。

星辰日月磨心略，南北东西树战勋。

终使红旗多死士，若非白骨即将军。
而今毅魄归何处，岂忍封疆两岸分。

海峡两岸统一，是所有炎黄子孙的共同心愿，可谓当代诗词的重大题材之一。这样的题材，如果大题大做，很难驾驭，写不好会流于空泛、抽象、直白，等而下之则变成标语口号。此诗作者聪明地采用了“大题小做”的写作策略，抓住“黄埔军校”这对于国共两党、对于海峡两岸都有重大而特殊历史意义的具体单位来做文章。由此切入，写得实在，写得有艺术形象，写得隽永而耐人寻味。

二、刘童（一等奖作者）：纪念黄庭坚诞辰 970 周年作歌

礌硠振起江西风，少年千里方寸中。
一生鲁直德若是，为诗为书气豪雄。
七岁八岁峥嵘已，丹青辞藻浅深红。
睥睨人间名利客，光如日月何熊熊。
当年应试卓出众，苏子垂青独向公。
高蹈尘寰于万代，前人或少后人空。
脱略形骸游汗漫，闲邀野鹤共倚松。
掉臂不登天子殿，胸中丘壑齐崆峒。
治郡难趋污流势，心系苍生感怦懞。
自持立场抵衰朽，威如金甲之元戎。
身犹刚正情亦孝，病床侍母俯如弓。
哀哉亲死肝肠断，其诚洵可动天翁。
解丧始兼修国史，诬蔑诡谲等鸿濛。

奈何大道一人辟，长哭先帝眠玄宫。
终古贬谪乃高士，但随明月任西东。
辗转河岳磨笔力，崩屶一样拄奇峰。
四方学者咸仰慕，求教望门亘心胸。
撰简当赞纷若海，佳话可堪铭鼎钟。
待召擢拔辞不就，荆南一记旷发蒙。
即令除名加罪状，人事羁旅重复重。
可惜竟逝随流水，宜州坛坫泣烟虹。
门人归葬祖茔侧，功奠虞夏与黄农。
上贤议谥追文节，今者作歌意绪逢。
同悲黍离无人会，天涯性命转飘蓬。
九百七十十世纪，点金换骨多头童。
即言开阖循变幻，银钩铁爪亦雕虫。
一词山谷传天下，一帖松风精灵通。
一章答书动真趣，一诗宏论万朝宗。
何当妙法肃氛壒，从此寂寞非鱼龙。
谨握寸管同黾勉，兴我春秋意无穷。

这首七言古诗笔力雄健，挥洒自如，形象鲜明地写出了黄庭坚坎坷的一生，写出了他耿介刚正的品格，写出了他卓越的文学、书法成就。在诸多缅怀山谷道人的作品中，写得最全面、最高古、最流畅。而出于今年刚 30 出头的 80 后作者之手，殊令人惊叹，为中华诗词后继有人而欣慰不已。当然，由于年轻，学养还有待于进一步培植，诗中也有几处小疵。如“佳话可堪铭鼎钟”，“可堪”在诗词中一般用如“岂堪”，而非“可”“堪”同义重言。又如“门人归葬祖茔侧”，作“门人护归葬祖茔”为顺。因为按古汉语表达习惯，“归葬”的应是黄庭坚，而不是他的“门人”。又如“九百七十十世纪”，“九百七十”后略去“年”字，全句就不大通了。

三、谢良喜（二等奖作者）：谒修水黄山谷纪念堂三十韵

修水昔尝闻，涪翁埋骨处。
一河贯全境，群山莽回冱。
灵气长孕育，千秋自吞吐。
山谷养其间，文章得天助。
所以多逸怀，鸾凤思高翥。
今我偶得便，来谒先生墓。
来时正清秋，瑟瑟风满树。
故祠惟肃穆，牌坊列旧圃。
银钩勒长廊，芳草随一路。
门对先生像，含情若盼顾。
若非思远客，应是觅佳句。
抑为哀民生，颦眉耽疾苦。
忆公少年时，壮游随所遇。
科举初施展，千里留俊足。
公卿咸推举，的的见才具。
可惜出匣剑，竟为尘俗妒。
未几遭贬谪，高才时所误。
烟花迷水月，风尘侵冠屦。
一作苏门客，廿年动劫数。

廊庙焉得安，江湖自朝暮。
转将平生意，酿作惊天赋。
立派创江西，万古人趋骛。
点铁龙腾梭，脱胎咸有据。
嗟我亦多劫，隔代两大瓠。
赍节守胤窗，经年一书蠹。
自读先生传，神交若旧故。
今来徒瞻仰，欲踵先生步。
惜乎知者寡，此情谁与诉。
君门若有路，肯容后来住。
倘许一执辔，甘作门下孺。

这首五言古诗，在高度赞扬先贤的同时，用了相当的篇幅来申说自己对黄庭坚的仰慕之情。有我之诗，情真意切，而能娓娓道出，所以为佳。中有两处可能是文字输入时产生的差错:“俊足”当作“骏足”,“未已”当作“未几”。又,“足”字作“脚”解时，读入声，不能与上去声“处”“冱”“吐”“助”等同叶，是出韵了。评委们未因此而将作者拒在等级奖门外，并非不懂声韵或工作马虎，正说明评委爱才，且大处着眼。如换了一班有形式主义倾向的评委，恐一韵之差，便有淘汰出局之虞。

四、彭子辉（二等奖作者）：年末羁羊城遇同乡诉两日通宵购票未得

终年漂泊久，岁暮难还家。
风雨广州道，梦魂长郡花。

鸿犹过海曲，人尚滞天涯。
盛世重经略，敢期同有车。

春运期间火车购票难，是几十年的痼疾了。虽然近若干年来高铁发展迅速，病症有所缓解，但由于种种原因，并未根本改观。此诗只写一己（更准确一点说，还有一位诗题中提到的“同乡”）客居他乡，春节滞留不得速归故里的遭遇与感受，却涵括了千百万人年年此时的共同经历，平民立场，百姓视角，读来令人同情，心有戚戚焉。全诗一气浑成，语言的运用达到了炉火纯青的程度，尾联有风人之旨。笔者私意以为，若就写诗的艺术功力而言，此诗作者应得一等奖。置之二等，委屈他了。

五、余永健（二等奖作者）：纪念杜甫诞辰 1300 年用秋兴八首其一原韵

材难尽用困于林，肯任冰霜减郁森。
早向淮南询米价，绝胜日下掷光阴。
前朝已废采诗职，贫士空怀忧国心。
想象秋风茅屋里，当时辗转听寒砧。

这首七言律诗步杜诗原韵以咏杜，紧扣老杜事迹而抉其要，裁截老杜诗句而取其精，后半尤佳。但细节仍有几处可商。“材难尽用”不甚贴切，盖大唐王朝并非人才多得用不完，以至于遗老杜之才而未用；实在是朝廷昏庸，对老杜这样的人才视而不见。“肯任”二字，与下“早向”“绝胜”一联紧接而构词法雷同，当避。“前朝已废”，“前”字不妥，改“历朝久

废”较为精确。

六、崔淼（二等奖作者）：跋《桃花扇》

渔阳鼙鼓碎春容，赚得桃花似血浓。
事入寒江行处尽，人如浮梗泪边逢。
今朝葵黍摇当面，昨夜笙箫奏九重。
一卷兴亡谁演得，秣陵烟树暮天钟。

此诗借《桃花扇》传奇以咏南明旧史，笔力千钧，舒卷自如。尾联以景结情，绰有余韵。不足之处在正文有“桃花”而无“扇”，未免顾此失彼；颈联“当面”“九重”，对仗欠工。

七、刘如姖（二等奖作者）：风入松·初秋新雨

爬山虎满木轩窗，青翠尾巴长。风随竹影来檐角，又吹皱，秋草池塘。半亩残荷留韵，一阶微雨生凉。　　谁人蓑笠石桥旁，独立钓苍茫。山披烟雨形容淡，看些回，牛鼻浮江。云外雁排人字，小村烟抹诗行。

这首小词，用诗笔描绘南方乡村初秋雨后风景，字字清新，句句精彩。“爬山虎满木轩窗，青翠尾巴长”，“尾巴”二字由“虎”想出，甚奇甚妙！“小村烟抹诗行”，雨后水气飘浮在小村农舍间，缥缈变灭，其灵秀非“诗”无以比方，却似未经人道。稍嫌遗憾的是，两“人”字、两“烟”字重出。虽词中不避重字，但若非不得不重，究以不重为佳。

中镇诗社丙申

好诗词评点

老　兵

解甲已多年，山中二亩田。

新闻南海事，五指又成拳。

【评点】

○以事写人，言简意赅。老兵之爱国热忱，跃然纸上。

○后二句精悍。

○次句承接，略嫌草率。

秦淮河

燕子春灯又一宵，南朝运尽气偏骄。

可怜廊庙公卿骨，不敌青楼女子腰。

【评点】

○咏史怀古，议论精新。

○首句用典浑化。“燕子春灯”，南明宰相阮大铖所撰戏剧《燕子笺》《春灯谜》。清军南下在即，而南明小朝廷犹文恬武嬉，不亡何待？

○次句“气偏骄”，略嫌趁韵。

○后二句大好。南明朝臣多软骨，反不及青楼中李香君辈之腰为硬也。

过严子陵钓台

长揖归来七里滩，羊裘耐得钓台寒。
先生忍用经纶手，只向春江把一竿！

【评点】

○前人诗词咏及严光，多以其隐逸不仕为高风亮节。此诗独出新意，做得好翻案文章！

○“先生忍用经纶手，只向春江把一竿”，“经纶”双关治国之才与钓竿之线，妙。

○全篇文字皆好，只“忍用”之一“用”字扎眼。古诗词多用“忍将”，作者未必不知，唯“将”字平声出律，故弃而不用也。改“忍将旷世经纶手，只向春江把一竿”如何？

钱江源

滴露无声下竹梢，万涓成水出山腰。
不平世路行多后，便入钱江化怒潮。

【评点】

○山水其形，咏物其神。

○“万涓”二字嫌生，改“涓涓”如何？

○“不平世路行多后，便入钱江化怒潮”二句，意思甚好。所惜乃散文句压缩而成，似非诗家标准。

杭州“曲院风荷”即事成咏

冷香隽处叙诗槎，十顷平湖菡萏家。
曲院支筇趺坐久，素心人对白荷花。

【评点】

○末句大好。清顾宗泰《笠轩比部招赏素心兰即席次韵》诗二首其二之“素心人对素心花”，蒋士铨《尹望山相公招饮同袁简斋秦磵泉两前辈席上作》诗四首其一之“素心人对岁寒花”，皆不及此。

○“十顷平湖菡萏家”，“家”字略嫌趁韵。

○“曲院支筇趺坐久”，“支筇”者，持杖支撑也。“趺坐”者，盘腿端坐也。既“趺坐”矣，安用“支筇”？若解为“支筇”久之，复“趺坐”久之，虽亦可通，而终觉勉强。改“曲院息筇趺坐久”如何？袁景辂《泛舟至雷峰复度岭憩净慈寺》诗曰“憩坐息筇杖”，是“息筇”二字固有先例可援也。

春

春更闲于我，时时到酒边。
白描千嶂月，绿皴一湖烟。

花气微通枕，禽声误作弦。
殷勤堤上柳，来补未成篇。

【评点】

○“白描千嶂月，绿皴一湖烟”二句，对仗浑成，意新而隽。唯“皴”多用于水，改“抹”为较得。且“抹”亦属国画技法，与“描”作对，较为整饬。

○题作“春”，而“春”之元素实不甚多。

○花、鸟对仗，乃常语，全凭其他搭配出奇出彩。若“微通枕”“误作弦”云云，似有欠于锻炼。

○“未成篇”者，未成之诗也。句有法。

放鹤亭中作

当时一笑傲君王，道士清闲太守狂。
山外由人分楚汉，亭中待我拜苏张。
文章能伴江山老，襟袖犹藏岁月长。
白鹤不归惆怅久，西山缺处正斜阳。

【评点】

○放鹤亭，在今江苏徐州云龙山。此当代怀古诗之能以神韵见长者。

○“当时一笑傲君王”，“傲君王”当作“傲侯王”为较精切。古诗词中未见有称人“傲君王”者，而苏轼及云龙山人张天骥亦皆无“傲君王”之事迹。唯元张可久散曲小令《越调寨儿令 · 过钓台》咏东汉严光事，有“白眼傲君王”句，盖汉光武帝刘秀曾亲临宾馆看望严光，而严光高卧不起故也。此乃特例，非他人可及。

○“山外由人分楚汉，亭中待我拜苏张”一联对仗，举重若轻。

○“文章能伴江山老，襟袖犹藏岁月长”一联亦佳。唯“藏”字处于第四字节奏点位置，避韵为宜。

○“山外”“江山”“西山”，“山”字凡三见。虽气盛而读者不觉其重复，究以避之为宜。

○尾联“白鹤不归惆怅久，西山缺处正斜阳”云云，以景结情，绰有余韵。

雷祖祠

携来书剑仰威灵，雷祖祠堂草树青。
石上苔衣存马迹，雨中幡盖卷龙腥。
风云万里双开阙，人物千秋一勒铭。
故国幽怀钟鼎在，神鸦社鼓海溟溟。

【评点】

○雷祖祠，在今广东雷州城西南，所祀为首任雷州刺史唐人陈文玉。此怀古诗措辞老辣，具见诗学功力。

○古代士子壮游，每携书与剑。而当代用之，究不副实。

○“石上苔衣存马迹，雨中幡盖卷龙腥”一联，气象苍莽。

○“风云万里双开阙，人物千秋一勒铭”云云，对仗甚工。而失于浮泛，且所咏对象实当受不起。

青玉案

车行雨中，向晚渐密，颇带萧瑟浅愁。

霓虹一片重楼底。共领略、江湖味。行过街桥车有几。站台人少，电杆风细。去也家千里。　　手机拨了相思字。无语闲听彩铃起。空忆去年今日事。天涯遥隔，颇黎静对。小雨孤城里。

【评点】

○此词好在有当代生活情味。

○小序“车行雨中，向晚渐密”二句不妥。以语法论，是车渐密，非雨渐密矣。

○“手机拨了相思字，无语闲听彩铃起”二句，以细节取胜。“无语”若改“不答”，或更精切。

○“共领略、江湖味”句，“去也家千里”句，微嫌与上文脱节，文气不甚连贯。

○“颇黎”即“玻璃”。作者既以“站台”“电杆”“手机”“彩铃”等众多现代语汇入词，何独以“玻璃”为“颇黎”耶？况“玻璃”一词古已有之，更无用为“颇黎”之理由矣。

『2014中华大学生研究生诗词大赛』大学生词组获奖作品评点

“2014年中华大学生研究生诗词大赛”圆满结束，组委会嘱为评点词组获奖作品。尸位评委，义不容辞，乃就管窥所及，略陈浅见。顾“爱美之心，人皆有之”；而何以为美，则言人人殊。孟轲氏所谓“口之于味，有同耆（嗜好）焉”，殆未必然。盖北人嗜咸，粤人嗜甘，湘人嗜辛，蜀人嗜麻辣。果“同耆焉”，则庖者安得有“众口难调”之叹哉！虽然，既奉将令，分无退怯；如箭在弦，不得不发。“师不必贤于弟子，弟子不必不如师”，昌黎公语，如是我闻。卑之无甚高论，谨以质于诸学弟，善则从之，否则嗤之可也。甲午夏至后三日，南京师范大学钟振振记。

第一名　林晓萍

韩山师范学院中国语言文学系2011级

苏幕遮

咏木棉花怀詹无庵先生

詹无庵安泰先生尝客居潮郡十有二载，其咏木棉有“伫听花魂咒晚风”之句，斯人长往，木棉尚新，花下诵之，怅惘累日。因有是赋焉。

月痕轻，江国寂。愁损檀心，木末听潮汐。照水柔情空咫尺。和泪辞枝，红入芸窗槅。　守更阑，留梦碧。絮掩双旌，流眄今何夕。独往幽人成太息。一树斑斓，尚认春风笔。

注：双旌，韩山旧称也。

【评点】

○借花咏人，词笔温婉，人花绾合紧密，语言纯熟流畅。

○无庵先生乃一代宗师。作者年辈相去甚远，或未谋面，故词之所当述者，惟后学之景仰耳。顾景仰者何，词未之及，但叙其尝客潮州，曾咏木棉而已，似有空泛之嫌。

○木棉之特征，词中亦稍言及，如“红”，如“絮”，如“笔”。惟红花品类繁多，以致“红”竟成为“花”之代名。“絮”则一般专属杨柳。“笔”，则通常视为辛夷之专利。皆不足以切定“木棉”也。

○《苏幕遮》调，宜用上去声韵。获奖作品用入声韵者，此非仅见。兹予总提，下不一一。

第二名　韦　勇

广西科技大学医学院药学系 2013 级

苏幕遮

咏木棉花

树摩云，花沁血。刺甲狰狞，鏖战千秋雪。惯看人间烟与月。独立苍茫，峭拔身如铁。　　望长天，思俊杰。侠骨丹心，开做枝头烈。五瓣何曾哀寂灭。纵落尘埃，犹未风华绝。

【评点】

○扣题甚紧，得咏物之正体。

○“树摩云，花沁血”“刺甲狰狞”“峭拔身如铁”“开做枝头烈”等句，堪称精切，颇能道出木棉“英雄树”之风采。

○“鏖战千秋雪”，句意虽好，却不符实。盖木棉生于岭南，而岭南通常无雪也。

○“望长天，思俊杰”“侠骨丹心”“犹未风华绝”等句，过于发露，有欠隽永，不耐咀嚼。

○结尾二句，“负隅顽抗”，终嫌吃力。不若“以进为退”。“死诸葛能走生仲达”，细玩此三国故事，自当有悟。

第三名　纪　顺

陕西师范大学文学院汉语言文学专业

苏幕遮

咏木棉花怀仲夷先生

任仲夷先生，曾名任兰甲。尝任粤省委第一书记。先生在任期间，旌风履霜，披荆斩棘，诚一代改革之先行者。李春雷先生名作

《木棉花开》即叙其故事。

沁蓉砂，涸蝶泪。一树晴红，向晚浑无寐。欲寄朝云倾况味。又恐春深，零乱人间世。　　梦长焉，秋老矣。惯织丹心，暗响英雄气。渺渺幽怀惊节异。飞絮如霜，都付寒阳里。

注：朱祖谋《齐天乐》云："茧蝶移家，蓉砂变景，谁睇孤根岭外。"陈恭尹《木棉花歌》云："愿为飞絮衣天下，不道边风朔雪寒。"

【评点】

○此亦借花咏人。所咏之人刚毅果决，故词风亦苍劲健举。

○词意笼统，于所咏人物具体事迹无所印证。故小序可删，词题可减，只作木棉词读可耳。

○"涸蝶泪"三字似属游词，无根，无谓，不必有也。

○"倾况味"语不甚通，有生造及凑韵之嫌。

○"梦长焉，秋老矣"，语气词当慎用。若非出彩，则赘字趁韵矣。

○"织丹心"语似嫌生造。

第四名　汪颗辉

郑州大学西亚斯国际学院电子信息工程学院 2011 级测控技术与仪器专业

苏幕遮

咏木棉

晾榴裙，燃蜡炬。还记当时，万点深红举。人面霞枝相栩栩。曾共春风，向我千般舞。　　叹迟迟，伤楚楚。检点残英，那更香如故。只道多情皆有絮。不是杨花，莫往天涯去。

【评点】

○此首“成也萧何，败也萧何”。

○好在情思缠绵，能得词之初体言情之长。

○结尾“只道多情皆有絮，不是杨花，莫往天涯去”，“絮”谐音“绪”。三句不惟切物理，且风神摇曳，便置之宋人词中，亦是佳句。

○所憾者，木棉乃花中丈夫，而非静女。即以红粉为喻，亦属北地胭脂，自饶英气，风韵固与吴姬有别。今乃拟之以夭桃秾李，惜哉惜哉！

第五名　程　悦

北京大学中文系 2011 级

苏幕遮

咏木棉花感忠义士作

浅芳菲，轻粉絮。占尽高枝，谁掩烧云处。缀焰焚英霞满树。万点成章，直照三春暮。　　断肠风，吹泪雨。天地飘零，慷慨倾红舞。烬冷烟销终不顾。

一笑长空，复瞰山河曙。

【评点】

○胜处与第二名之作略同，而互有短长。

○结以“烬冷烟销终不顾，一笑长空，复瞰山河曙”三句，较第二名为气盛，以进为退，堪称豹尾。此殆所谓“死诸葛能走生仲达”也。

○题曰“感忠义士作”，不惟空泛，而且多余，可删也。

○“烧”“焰”“焚”等，修辞重复，宜改一二处以避之。

○“倾红舞”语不甚通，嫌于生造。

第六名　杨文钰

韩山师范学院中国语言文学系2011级

苏幕遮

咏木棉花

雨音潺，风信缓。万里南来，只怕花开晚。啼到鹧鸪声亦软。不负东君，一夕春心展。　护芳城，巡古岸。星角齐天，何必争香远。同作絮飞惭柳眼。织锦人间，解送苍生暖。

注：星角：清人陈恭尹《木棉花歌》有句：“覆之如铃仰如爵，赤瓣熊熊星有角。”絮飞：宋郑熊《番禺杂记》载：“木棉树高二三丈，切类桐木，二三月花既谢，芯为绵。彼人织之为毯，洁白如雪，温暖无比。”

【评点】

〇下片词、意俱佳。

〇“星角”用陈恭尹诗切木棉花，是谓渊雅。

〇“同作絮飞”，挽入杨柳，便无鸠占鹊巢之嫌。

〇上片泛泛，凡春花皆可用，不必定是木棉也。

〇“惭柳眼”是愧不如柳，而非使柳惭愧之意。此“惭”作动词之一般用法。作使动词用，虽无不可，然既可两用，则语意模棱，不精确矣。

〇“眼”字略嫌趁韵。

〇“织锦”语有未安。“锦”以花纹、色彩为特征，功不在“暖”。若改“被覆人间”，则与下“解送苍生暖”句相照应矣。

第七名　李腾焜

中山大学地理科学与规划学院水文班 2011 级

苏幕遮

咏木棉花

越王烽，南海日。拼褪枯寒，准拟东君笔。十丈珊瑚催绮陌。万古霓旌，泼作连天赤。　泛腥潮，追故国。未了浮香，须认云龙魄。待到新棉飞历历。回首春风，指点朱成碧。

【评点】

〇上片气势凌厉，与木棉花相称。

〇末三句笔亦健举。

〇“万古霓旌，泼作连天赤”，“霓旌”与“泼”，主谓搭配不当。

〇“泛腥潮，追故国。未了浮香，须认云龙魄”，似以龙涎香拟木棉花香。然木棉不以香著称，故有奖誉过当之病。

第八名　陈晓玲

广东工业大学华立学院城建学部 2011 级给排水班

苏幕遮

咏木棉花

数英雄，南国树。拔地而生，刺甲盘虬柱。春夜惊何光胜曙。铁干冲天，横掌燃丹炬。　坠花时，如击鼓。蝉鸟齐歌，碧发苍龙舞。衣被黎民飞雪絮。凛凛朔风，独与松为侣。

【评点】

〇形神两肖，亦以气势胜。

〇“数英雄”，直说便少词味。

〇上下片起二句以循例对仗为宜。

〇“春夜惊何光胜曙”，“惊何”语不甚通。

〇“横掌燃丹炬”句，主谓搭配不当。

〇“衣被黎民飞雪絮。凛凛朔风，独与松为侣”，此结尾三句，若前一句“点”，后二句“染”，就“衣被黎民”一意做足文章，即佳矣。今乃不然，后二句急转，另出一意，便嫌局促，反有草草收兵之病。况此二句，又属陈言，务去之而唯恐不及乎！

第九名　杨昊臻

复旦大学公共卫生学院预防医学系

苏幕遮

咏木棉花

褪青鳞，攒赤翼。肝胆交柯，大野苍然立。烽火遏云成上国。血瘗征尘，万丈燔空迹。　野棠风，荒藓色。逝水残旌，若喟穷朝夕。抵死今春红与白。发只凭天，落愿英雄惜。

【评点】

○上片有气势，亦能得木棉之精神。

○“褪青鳞”句，不知所谓。如指其叶，则不符实，盖木棉乃先花而后叶也。“大野苍然立”句，“苍然”二字亦不确，理由同上。

○“烽火遏云成上国”，前四字与后三字不能接搭。相对于诸侯国、少数民族政权而言，旧称中央王朝为“上国”。木棉生于岭南，其地固不得称“上国”也。此尤属用词不当。

○“万丈燔空迹”，“迹”字凑韵。

○“逝水残旌”，“旌”字未安。盖木棉花型虽大，亦不至于如旌旗也。

○“发只凭天，落愿英雄惜”，结尾无可奈何，词气稍嫌衰杀。

『2014中华大学生研究生诗词大赛』研究生词组获奖作品评点

第一名　沈宗宇

南京师范大学文学院戏剧戏曲学硕士生

苏幕遮

韩　江

渡沧波，心似噎。蹴浪淘沙，浑似蓝关雪。春色随人湖海阔。君子居之，邹鲁应移粤。　　白鸥沉，兰楫折。独立行吟，无使鱼龙啮。莫恨中情荃不察。翰藻如潮，浩气来天末。

注：翰藻如潮，李耆卿《文章精义》言“韩如潮，柳如泉，欧如澜，苏如海”。

【评点】

○就江河而言，韩江不以自然风貌而著称，独以人文内涵而蜚声。咏韩江与咏韩愈，二而一也。此阕人水绾合，紧密无间。

○起三句言韩愈渡韩江，一笔双挽。浪花如雪，即以“蓝关雪”为喻，用韩愈“雪拥蓝关马不前”诗，带出贬潮缘由，不假外求，举重若轻。

○末用昔人“韩如潮”之评，又暗通江潮，回应起处，针缕细密。

○咏韩愈事迹，不求面面俱到，只扣紧江畔之潮州，叙其化蛮荒为“海滨邹鲁”之功绩，甚得要领。

○“独立行吟”，与屈原作类比，具见其亦忠而见放，则韩江亦汨罗矣。皆有江在，似离而仍合焉。

○起二句，宜循惯例对仗。

○“莫恨中情荃不察。翰藻如潮，浩气来天末”三句，后语不搭前言。

第二名　胡善兵

澳门大学中文系2010级博士生

苏幕遮

木　棉

焰烧春，光映曙。照海丹华，开在珊瑚树。知是炎灵旌节驻。沉魄浮魂，万盏呵天语。　越王台，迁客路。直干孤根，百代风兼雨。朱凤巢空鸪莫诉。别思缠绵，煦暖苍生去。

【评点】

○此以博喻手法渲染木棉花红，如“焰”“曙”“丹华”“珊瑚”“炎灵旌节”（火神，其方南，其色红）、“朱凤”等皆是。类别能避重复，故语如贯珠而不病于累赘。

○其可议处，在“鸪莫诉”。“鹧鸪”而省一字作“鸪”，似未见其可也。

第三名　蒙显鹏

四川大学文新学院古代文学2011级硕士生

苏幕遮

韩　江

木葱茏，波浩渺。江影无情，曾照人枯槁。遥想支筇韩愈老。逐鳄文章，犹带滩声啸。　旧沧浪，堪网钓。鹧雨潇潇，香火存祠庙。一曲烟泓鸥占了。独把江蓠，长作甘棠吊。

【评点】

○此亦人江双绾。语意流畅，用典自如。

○“江影无情，曾照人枯槁”，用《楚辞·渔父》，亦以汨罗比韩江，屈原拟韩愈。

○结尾“独把江蓠，长作甘棠吊”，江草、原树，本不相干，而能牵合无痕，具见笔力。

○“遥想支筇韩愈老”，直呼其名，有失恭敬。似可改“韩退老”。

○“旧沧浪，堪网钓”二句为流水对。“沧浪”“网钓”，对法甚活。惟以“旧”对“堪”，稍嫌未工。改“比沧浪，堪网钓”如何？

第四名　早川太基

日本京都大学博士研究生（北京大学中文系高级进修生）

苏幕遮

韩　江

涌腥云，奔紫电。帝降天兵，水底惊红眼。翻尾怪鳞逃已远。绝代奇文，不借机头箭。　荔枝红，蕉叶乱。潋滟长波，抚古吟情满。遥想羊豚投此岸。夜拟招魂，风急繁星烂。

【评点】

○攻其一点，不及其余，笔力集中，亦是妙法。

○“翻尾怪鳞逃已远。绝代奇文，不借机头箭”三句，峭拔劲健。

○“荔枝”“蕉叶”，对法亦活，盖此“枝”非彼“枝”也。

○末二句“夜拟招魂，风急繁星烂”，以景结情，颇有余韵。

○“水底惊红眼”，“红眼”二字嫌于凑趁。

○“红”字两见。词虽不忌重字，若非必不可易，究以避之为宜。

第五名　彭敏哲

中山大学中文系 2012 级硕士生

苏幕遮

咏木棉花

焰犹明，霞自秀。偏聚枝头，一霎千山昼。云外东君舒广袖。万树烟罗，织尽春如绣。　叶飘零，花似酒。岭表年年，映照朱颜久。飞絮为衣天下覆。不似杨花，嫁与东风瘦。

注：木棉树花落后长出蒴果，果荚开裂，果中的棉絮随风飘落。木棉棉絮质地柔软，可絮茵褥，是古代中国的重要织衣材料。《宋书·孔靖传论》："丝棉布帛之饶，覆衣天下。"明末清初的诗人陈恭尹《木棉花歌》："愿为飞絮衣天下，不道边风朔雪寒。"

【评点】

○扣题既紧，语亦流丽。

○末三句尤为精警，与大学生组第四名之作"只道多情皆有絮。不是杨花，莫往天涯去"云云，构思有相似处，而格调较高。

○"云外东君舒广袖"，"舒广袖"语出毛泽东词，谓舞也，非织也，用之不合，有凑韵之弊。

○"叶飘零，花似酒"，对仗不工，"酒"字凑韵。接以"岭表年年，映照朱颜久"，语意亦不连贯。

○"嫁与东风瘦"，"东"字重见。此句甚佳，似不可改。可改者，上文"东君"耳。

第六名　胥　奇

南华大学城市建设学院硕士生

苏幕遮

木棉花

久相倾，终得见。落落高冠，火凤千千万。恶雨催春谁去劝。一只惊飞，只只惊飞散。　　玉铃生，颜色换。欲剪愁丝，剪也何曾断。伫立街头无处看。听着车声，和着檐声乱。

【评点】

○就语言而论，此词可谓本色当行。如“一只惊飞，只只惊飞散”“欲剪愁丝，剪也何曾断”“伫立街头无处看。听着车声，和着檐声乱”，皆能以浅俗发为清新，有漱玉风味。

○为古人下一转语，此词可谓“得之桑榆，失之东隅”。盖有妙语而无精义故也。

○“久相倾”，“相倾”若略去主语“意气”，通常为相倾轧、相倾夺之义。二字未稳，尚须推敲。

○“恶雨催春谁去劝”，“催春”恐系“摧春”之讹。

○“玉铃生，颜色换”，对仗不工。

○“欲剪愁丝”，“丝”“棉”究非一类，不当阑入。

○“听着车声，和着檐声乱”，“车声”多指车轮，不必为车铃；“檐声”多指檐雨，亦不必为檐铃。此二语终非精切不移者也。

第七名　欧阳逸风

华南理工大学电力学院 2011 级博士生

苏幕遮

咏木棉花

绿犹稀，红欲舞。岭表霞光，沉醉寻春路。何事绝尘开一树。独立苍茫，看尽斜阳暮。　　正浓云，催骤雨。飘堕怜他，未忍高寒处。亦有离愁千万絮。短短长长，漫向天涯语。

【评点】

○中规中矩，风调冲和。漫不经心，亦不吃力。雪梨冰藕，咀嚼无滓。或欠警句，鲜有败笔。

○略无深蕴。刻意求深，固嫌做作；自安于浅，亦不作为。

○“飘堕怜他，未忍高寒处”，揆之物理，尚须斟酌。盖木棉树虽高大，而低枝亦复有花，实不尽在“高寒处”也。

○“短短长长”，亦不甚切。木棉之絮，固无长短之分也。

第八名　郭鹏飞

中山大学中文系古代文学专业 2013 级硕士生

苏幕遮

韩江赠别

荡青烟，翻白鸟。城外寒波，箍锁波心岛。廿四桥边风色好。隔岸箫鸣，约略潮阳调。　　喜初逢，临晚照。相得惟诗，况是诗人少。君我天涯何杳杳。回首长亭，记取红裳小。

【评点】

○此词绝不及韩，堪称另类。而云“隔岸箫鸣，约略潮阳调”，又不可谓无“韩江”在。就“赠别”而言，亦深情款款，清婉可讽者矣。

○全词旨在“赠别”，不在“韩江”。偷换主题，本可黜落；以其情词俱佳，不忍轻弃，故取置末等，具见评委诸公怜才之意也。

○“城外寒波，箍锁波心岛”，主谓搭配似不甚当。

第九名　张柏恩

台湾政治大学中文系博士生

苏幕遮

咏木棉花

烛龙飞，豪气吐。花国英雄，血沃春城树。撑住南天桃杏妒。十丈亭亭，惯作干云语。　　照长空，抛别绪。齐放千红，莫教春光去。一夜横风偏带雨。旋落沉沉，都化滋花土。

【评点】

○切题而疏俊，有条不紊。虽未至于佼佼，终不流为碌碌。

○上下片起二句对仗皆不甚工。

○“豪气吐”“花国英雄”等语，过于发露，殊乏诗味。

○“旋落沉沉，都化滋花土”，即龚自珍之“落红不是无情物，化作春泥更护花”。语意虽好，奈非原创何！

○“花”字两见，“春”字亦两见，可避之。

第十名　严文宇

俄罗斯国立师范大学艺术系硕士生

苏幕遮

咏木棉花

望韩江，观海粤。烽火连城，疑是同春别。颜色不须扶桑绿。栉比群芳，敢问谁豪杰。　雨潇潇，天凛冽。铁骨铮铮，何惧东风曳。一片丹心为碧血。洒向人间，肝胆昭日月。

【评点】

○佳处略同上首。

○上下片起二句对仗皆不甚工。

○“敢问谁豪杰”“铁骨铮铮”“一片丹心为碧血。洒向人间，肝胆昭日月”等句，皆直说而乏诗味。

○“肝胆昭日月”，“日”字入声。词虽有“入可代平”之说，若从严例，究以径用平声为善也。

『2016 中华大学生研究生诗词大赛』大学生词组获奖作品评点

榜速星辰，评迟月旦；浸成故事，每耸新闻。此获奖诸作讲析程序之必不可省也。“2016 中华大学生研究生诗词大赛”降帷之际，盟主燕云子谓余曰：“前届赛事，词组点评，兄实为之，诸生称善，以为中肯。复以相浼，可乎？”余闻言窃哂，盖马齿稍长，所更事多，稔此诱驴就磨之术耳。牵磨劳苦，驴虽蠢，亦不乐为。穷坊主无青刍相饵，惟抚其背而已。余性直，不少假借，甘语无多，诸生安得称善哉！虽然，竟诺之。无他故，每忆少时亦尝以所作就教于前辈名公，语顺耳则喜，逆耳辄不喜，久乃悟其皆爱我，而良药苦口，惠我尤多者也。

余尝有诗曰：“弟子不必不如师，如是我闻韩退之。二十四番花有信，荼蘼犹及殿春时。”又有诗曰：“数码编程四序推，小园香径莫徘徊。荼蘼销尽残枝雪，自有榴红炫火来。”甚矣吾衰也，诗词之艺之学，薪传火续，青眼高歌，以望吾子。敢以前辈所惠我者，转惠诸生。诸生其谅之！诸生其谅之！丙申夏至后三日，南京师范大学钟振振记。

冠军 汤增悦

中山大学国际金融学院 2014 级

水龙吟

咏白樱花

满园掠雪飞云，繁樱铺绣行人路。轻扬体态，断蓬踪迹，飘零意绪。几绕寒枝，几沾襟袖，几随风雨。共乡心一枕，织成春思，春无迹、思千缕。　　摇落一枝折取。剩冰心、向人低诉。寒窗瘦尽，此身同是，浮生羁旅。花底樽前，春愁纵遣，归愁谁与？正莺啼渐老，似应怜我，作相思句。

【评点】

○人花双绾，脉络井井，一气流转。

○“掠雪飞云”“冰心”，切“白樱花”之“白”。

○“轻扬体态，断蓬踪迹，飘零意绪”，鼎足对好。惟“断蓬”稍嫌不工，改“散离”如何？

○“几绕寒枝，几沾襟袖，几随风雨”，兼排比、骈偶之妙。惟“寒枝”稍嫌不工，改“枝梢”如何？又“绕”可改“缀”，则未落之花、已落之花两面俱到，自较三句皆已落之花为立体，意蕴更丰富矣。

○“共乡心一枕”，与下“织成春思”缺乏关照。改“共乡思千缕”如何？“心”不可“织”，“枕”不可“织”，“思”(谐音“丝”)“缕”则可“织”矣。

○“摇落一枝折取”，“一”字重出。前所议改“乡心一枕”为“乡思千缕”者，亦为避此重字也。“枝”字亦重出，似难改，且仍之。

○“剩冰心”，“心”字亦重出，前所议改“乡心一枕”为“乡思千缕”者，亦为避此重字也。

○“寒窗瘦尽”，“寒”字亦重出，改“客窗”如何？“客窗”可照应下文“羁旅”。以上诸重字，非积极修辞之“重言”，故须避之。若“春”“思”等字之重，乃积极修辞，有意为之，不为病也。

○“正莺啼渐老”，“正”“渐”稍嫌相犯。“正”者当下，为精确之时间节点；“渐”者过程，为模糊之时间线段。“正”改“甚”（意即“为甚”）如何？“甚莺啼渐老”一问，逗出“似应怜我”之揣测，语气更为自然贯通。

亚军　韩　涛

河北工业大学化工学院化学工程与工艺专业 2013 级

水龙吟

读《庄子》

有为何异无为，既言齐物分庸讵？凡亡未丧，楚存未始，虽来莫围。才罢悬疣，又生骈拇，俱如樗瓠。叹天高道远，空闻地籁，厉风济、谁其怒？　纵把世间行遍，立缁帷、难寻渔父。广成极野，鸿蒙浑沌，徒留聋瞽。曷若归兮，庶人求福，圣人求路。笑庄周亦慕，藐姑射上，望神人伫。

【评点】

○工科生而能读《庄子》，实属难能，自当刮目。

○“有为何异无为，既言齐物分庸讵？”一起即发见《庄子》中逻辑漏洞，予以质疑，可谓狡黠。“分庸讵”，即“庸讵分”，为叶韵而倒装。

○“凡亡未丧”，见《庄子·外篇·田子方》：“楚王与凡君坐，少焉，楚王左右曰凡亡者三。凡君曰：‘凡之亡也，不足以丧吾存。夫“凡之亡不足以丧吾存”，则楚之存不足以存存。由是观之，则凡未始亡而楚未始存也。’”然原文“丧”字后有宾语“吾存”，此二字似不可省。换用原文“凡未始亡”，改“凡亡未始”如何？“凡亡未始，楚存未始”，从《庄子》重“未始”二字，是积极修辞，不为病也。

○“虽来莫圉”，见《庄子·外篇·缮性》：“轩冕在身，非性命也，物之傥来，寄者也。寄之，其来不可圉，其去不可止。”然改“其来”为“虽来”，语便不通；省原文下句“其去不可止”，义益不明。又，此句与上文难以接搭，似有趁韵之嫌。

○“才罢悬疣，又生骈拇”，见《庄子·外篇·骈拇》：“骈拇枝指，出乎性哉！而侈于德。附赘县疣，出乎形哉！而侈于性。”“俱如樗瓠”，见《庄子·内篇·逍遥游》：“吾有大树，人谓之樗。其大本拥肿而不中绳墨，其小枝卷曲而不中规矩。立之途，匠者不顾。”又：“魏王贻我大瓠之种，我树之成而实五石。以盛水浆，其坚不能自举也；剖之以为瓢，则瓠落无所容。非不呺然大也，吾为其无用而掊之。”“县（同悬）疣”“骈拇”自是一类，而“樗”“瓠”别是一类，比拟不伦，未见其可。

○“空闻地籁，厉风济、谁其怒？”见《庄子·内篇·齐物论》：“女闻人籁而未闻地籁，女闻地籁而未闻天籁夫！”又：“厉风济则众窍为虚。”又：“怒者其谁邪？”此则可谓善用。

○“纵把世间行遍”，“把”字浅近，与全篇语言风格不侔。改“纵教”如何？上文“才罢”“又生”，亦有此病。

○“立缁帷、难寻渔父”，见《庄子·杂篇·渔父》：“孔子游乎缁帷之林……有渔父者，下船而来。”“立缁帷”三字为赘文，且与上“世间行遍”相犯。作“世间行遍，难寻渔父”，可；作“立缁帷、难寻渔父”，亦可（改“难逢渔父”似更准确）；作“世间行遍，立缁帷、难寻渔父”，即语病矣。

○“广成极野”，见《庄子·外篇·在宥》：“广成子曰：‘……故余将去女，入无穷之门，以游无极之野。’”缩“无极之野”为“极野”，似未见其可。

○“鸿蒙浑沌”，见《庄子·外篇·在宥》：“鸿蒙曰……浑浑沌沌，终身不离。”“徒留聋瞽”，“聋瞽”见《庄子·内篇·逍遥游》：“瞽者无以与乎文章之观，聋者无以与乎钟鼓之声。”此二句似无可吹求。

○“庶人求福”，见《庄子·杂篇·天下》：“人皆求福。”“庶人”盖与天子、诸侯、大夫等“贵人”相对，所强调者在其社会阶层；与“圣人”对举，稍有未安。改“众人”如何？“众人”即常人、凡人，“圣人”“众人”对举，所强调者乃在精神层面矣。

○“圣人求路”，本当作“求道”，为韵脚所牵，故改“路”。惟“道”之本义虽为“路”，而一经升华为哲学范畴，即非“路”字所能简单替换者矣。

○“藐姑射上，望神人伫”，见《庄子·内篇·逍遥游》：“藐姑射之山，有神人居焉。”“伫”字略嫌趁韵。改“有神人住”如何？以“有”易“望”，以“住”代“居”，贴近《庄子》原句，似较浑成。

○全篇语稍生涩，意嫌窒碍，所欠在“浑化”二字。惟“浑化”乃诗词中最高境界，非一蹴可就。苛求固然不必，而向上之路则不可不知也。

季军　陈绍华

合肥学院中文系汉语言文学专业 2013 级

水龙吟

别大兄北上

过江飞燕低旋。烟波千里知何处。晴明待赏，湖山空好，柳黄自舞。水碧云青，惜花时候，送君南浦。看征帆似箭，行人如蚁，漫回首、愁无数。　此去春深不见，况西园、斜阳春暮。新词能赋，旧游谁记？吹箫声苦。纵拟归期，夜深犹对，孤灯欹雨。向寻常梦里，故人楼上，指东风住。

【评点】

○中规中矩，清畅自如。

○题曰“别大兄北上”，按古汉语表达习惯，是我告别大兄而北上。然词中有“送君南浦”，不知作者究为行者抑或居者。若为行者，则不应曰“送君”；若为居者，则题当作“送大兄北上”也。

优秀奖　李巴克

南京大学生命科学学院 2012 级

水龙吟

樱　花

片红飘坠空杯，初逢竟在魂销处。移春万里，竭来茂苑，夜凉微步。点袖沾茵，沉泥堕溷，两般凄楚。任东君着力，捣香成粉，难扶上、瑶台去。　　暗忆醍醐吹雪，伴清讴、六宫争妒。幽芳蜕尽，只今空见，乱云飞聚。燃梦观花，凝形寄梦，总归朝露。对啼寒翠烛，瘗花风雨，念前生句。

【评点】

○以樱花盛于日本，故多用日本樱花故实。虽未必字字合隼，而大致得体。

○“片红飘坠空杯”，作者自注（原作有自注，大赛组委会发布时已删去）引《日本书纪》：“时樱花落于御盏，天皇异之。”按《日本书纪》，舍人亲王等撰，元正天皇养老四年（720）成书。其卷一二载：“履中天皇……三年冬十一月丙寅朔辛未，天皇泛两枝船于盘余市矶池，与皇妃各分乘而游宴。膳臣余矶献酒。时樱花落于御盏，天皇异之，则召物部长真胆连诏之曰：‘是花也，非时而来。其何处之花矣？汝自可求。’

于是长真胆连独寻花，获于掖上室山而献之。天皇欢其稀有，即为宫名，故谓盘余稚樱宫，其此之缘也。”能用域外古典，固佳，然窘于格律，易“御盏”为“空杯”，终未见吻合。

○“移春万里”，作者自注引况周颐《减字浣溪沙》：“万里移春海亦香，五云扶舰渡花王。”原词即咏樱花，切。

○“点袖沾茵，沉泥堕溷”，“沾茵”“堕溷”用《梁书·儒林传》：“(范)缜在齐世，尝侍竟陵王(萧)子良。子良精信释教，而缜盛称无佛。子良问曰：‘君不信因果，世间何得有富贵，何得有贫贱？’缜答曰：‘人之生譬如一树花，同发一枝，俱开一蒂，随风而堕，自有拂帘幌坠于茵席之上，自有关篱墙落于溷粪之侧。坠茵席者，殿下是也；落粪溷者，下官是也。贵贱虽复殊途，因果竟在何处？’”(此又见《南史·范云传附范缜传》，文字略有异同。)甚妥贴。

○“任东君着力，捣香成粉，难扶上、瑶台去”，意不甚通。“捣香成粉”似用温庭筠《达摩支曲》“捣麝成尘香不灭”。整花且扶不上瑶台，若捣为齑粉，更扶不上矣。

○“暗忆醍醐吹雪”，作者自注引藤原公经：“风雨吹花散，宛若飞雪飘落院。”窃谓不若引凡河内躬恒《樱落》和歌：“如雪纷纷降，樱花已可悲。如何飘落甚，更有大风吹。”盖以生世论，躬恒固先于公经约三百年也。

○“燃梦观花，凝形寄梦，总归朝露”，作者自注引纪贯之：“似难醒，梦中犹见樱花坠。”丰臣秀吉辞世歌：“朝露消逝如我身，世事已成梦中梦。”“燃梦”二字，出奇创新。

○“对啼寒翠烛，瘗花风雨”，作者自注：“西行法师：‘此时遂吾愿，死于樱花下。’日人有筑墓于樱花树下之习俗。”“啼寒翠烛，瘗花风雨”，对仗欠工。

优秀奖　杨昊臻

复旦大学公共卫生学院预防医学专业 2013 级

渡江云

樱　花

闻人歌浅草，箫名尺八，宿雨掠低墙。怨朱携啼粉，吹雾嗔云，一例入瑶觞。乘舟徐福，寻仙药、误入扶桑。富士山、山头积雪，几度化斜阳。　　苍苍。酾愁杯尾，摄恨眸中，听倾城尽唱。樱之下、春痕太艳，鬓影能狂。倚天照海花须落，感物哀、小劫微茫。何必向、绿阴结子成行。

【评点】

○有情有韵，而遣词造句或所未逮。

○“箫名尺八”，“名”字嫌凑趁，改“箫吟尺八”如何？

○“怨朱携啼粉”，“怨朱”嫌生造。

○“乘舟徐福，寻仙药、误入扶桑。富士山、山头积雪，几度化斜阳。”樱花固盛于日本，然“扶桑”“富士”只是日本，与樱花有何关涉？

○“苍苍”叶短韵。然与下文不接。

○“酾愁杯尾”，“酾愁”创新出奇，“杯尾”则不免生造。“摄恨眸中”，语拙。改“酾愁杯底，蹙恨眉间”如何？

○“樱之下、春痕太艳”，既言“樱下”，“春痕”即非花矣。究竟何指？语意不明。

○“倚天照海花须落”，由苏轼《和蔡景繁海州石室》诗“倚天照海花无数”翻出，好。

优秀奖　林立智

台湾实践大学高雄校区应用中文学系

水龙吟

别后忽忆

读司马光《西江月》至“相见争如不见，有情何似无情”句，因忆友人。

有情何似无情，当年无计相留住。依稀记取，山眉水眼，风情无数。镜里花间，重重寂寞，梦魂惊寤。恨莺双燕偶，时来相问，倩停住、闲啼语。　又到青春三月，看如今、软红香土。一时风雨，一时朝暮，一时寒暑。对酒平生，盈亏算了，人情如故。笑卿卿与我，只缘和合，作秋蓬遇。

【评点】

○情词婉转，有北宋风调。

○“别后忽忆”，题甚拙，可删。

○“山眉水眼”，由宋王观《卜算子》词“水是眼波横，山是眉峰聚”翻出，好。

○“恨莺双燕偶，时来相问，倩停住、闲啼语”，玩其语境，“时来相问”改“时来相恼”似更切合。“倩”，央求他人为做某事也。此用于央求他人休做某事，似未安。“住”字重出，可避。

○“又到青春三月，看如今、软红香土”，“软红香土”一般指都市红尘，用于此似不合。玩其语意，似当作“落红尘土”，谓落花归于尘土也。

○“人情如故”，“情”字重出，可避。

优秀奖 韦 勇

广西科技大学医学院药学专业2013级

水龙吟

咏樱花

倚天裁出仙云，春工手笔勤调护。如烟似梦，亦真还幻，翠微深处。已惹莺痴，更教蝶恋，玉柯低舞。念空林佩响，清溪月淡，任倾国、娥眉妒。　　别有韦郎殢醉，但能禁、几番风雨。芳华燃尽，素心凄绝，情贞如故。纵使飘零，未应容忍，委身于土。倩飞廉导路，丰隆接驾，共三山去。

【评点】

○咏物而一往有深情者。

○“倚天裁出仙云，春工手笔勤调护”，“裁”恃刀尺，何所用于“笔”？改“春工爱惜勤调护”如何？

○“空林佩响”，与樱花何干？浮泛不切，词嫌于“游”。

○“别有韦郎殢醉”，“韦郎”用唐范摅《云溪友议》卷中韦皋、玉箫爱情故事。他人自称“韦郎”，或不免于“俗”，而作者韦其姓，且曰“别有”，斯可矣。

〇“但能禁、几番风雨”，用辛弃疾《摸鱼儿》词“更能消、几番风雨”。惟“但”者，只也，用于此，似不甚通。改“更能禁”如何？

〇“委身于土”，改“委身泥土”如何？散文句法与诗词句法之辨，当于此细微处消息之。

优秀奖　邱嘉耀

香港中文大学中国语言及文学系四年级

水龙吟

读《庄子》

一觞自劝无妨，壶倾试向天分诉。行行至此，何曾见独，何为正处。遗物离人，些须也有，撄缠犹豫。渐酒酣昼寐，梦中了了，从今后、留君住。　白日西河且驻，藉微光、与君相语。曩行今止，于君何待，于余何预。薪火脂穷，宁稽其尽，子应知喻。便乖违旦夕，梦醒时候，也无风雨。

【评点】

〇此学人之词也。理胜于辞，有生命意识。惜少文学意味。

〇“何曾见独”，“见独”，见《庄子·内篇·大宗师》：“朝彻，而后能见独。见独，而后能无古今。”

○“何为正处”，“正处”，见《庄子·内篇·齐物论》：“民湿寝则腰疾偏死，鳅然乎哉？木处则惴栗恂惧，猨猴然乎哉？三者孰知正处？”

○“遗物离人”，见《庄子·外篇·田子方》：“向者先生形体掘若槁木，似遗物离人而立于独也。”

○“薪火脂穷”，见《庄子·内篇·养生主》：“指穷于为薪，火传也，不知其尽也。”“指”，同“脂”。

○“便乖违旦夕，梦醒时候，也无风雨”，以文学语言作结，有余韵。惟“便”为“即便”义，“便乖违旦夕”自是让步性状语从句，此与下文似无以构成逻辑关系，故语意不甚通顺，要是一病。

优秀奖　黎芳芳

岭南师范学院教育科学学院心理学专业 2012 级

渡江云

重见樱花感赋依清真四声

仙娥含浅醉，鞞鬟艳绝，澹淡倚晴窗。试拈春在手，暂驻江程，绮陌盛年光。瀛壶旧日，怅海角、幽梦彷徨。怜汉宫、曲阑风起，纵宴舞云裳。　难忘。绯痕初睇，燕侣追游，渺尘华一晌。堪羡他、寒蘂留影，珠帐移香。琼阴笑问重来客，正粉靥、低亸东墙。吟望处、归禽又掠斜阳。

【评点】

○有情致，有佳句。

○“渺尘华一晌”，“尘华”嫌生造。改“纷华”如何？

○“堪羡他、寒檠留影，珠帐移香”，语意不明。

○“琼阴笑问重来客，正粉靥、低罨东墙”，“粉靥”拟以女子笑涡，宜用于个体而非群体，故与形容繁花满树之“琼阴”犯冲。且“罨”义为覆盖，言“靥罨墙”，亦属主谓语搭配不当。

『2016中华大学生研究生诗词大赛』研究生词组获奖作品评点

冠军　王悦笛

武汉大学文学院古代文学专业2014级硕士生

水龙吟

鸡鸣寺樱花

托根幸在扶桑，为谁移向江皋住。冰姿素缟，清凉惯耐，吸霞餐露。净业三生，繁华七日，法身千树。待胭脂洗出，玲珑妆罢，会多少、痴儿女。　异色与春同到，甚匆匆、撇春先去。飞花万点，窅然天地，维摩高语。堕去无香，飘来似雪，迷蒙如许。剩经楼听取，山僧尺八，奏潇潇雨。

【评点】

〇咏物着题，清韵蔼如。

〇“净业三生，繁华七日，法身千树”，鼎足对，好。“繁华七日”切樱花，盖其花期短，七日左右即凋谢也。“净业三生”“法身千树”，切寺院樱花。

〇“胭脂洗出”，“出”字未安。改“洗尽”如何？盖樱花素雅，宜以洗尽铅华为言也。

〇“飞花万点，窅然天地，维摩高语”，未知所云。鸠摩罗什译《维摩诘所说经 · 观众生品》曰：“时维摩诘室有一天女，见诸大人闻所说法便现其身，即以天华散诸菩萨、大弟子上。华至诸菩萨，即皆堕落，至大弟子，便着不堕。一切弟子神力去华，不能令去。”岂用此耶？然词中无“天女”“诸菩萨”“大弟子”等关键词，不能判定。“高语”一般指高声说话，如韩愈《故幽州节度判官赠给事中清河张君墓志铭》：“禁其家无敢高语出声。”敦煌变文《太子成道经》：“耳聋高语不闻声。”王安石《彰武军节度使侍中曹穆公行状》：“辄阴勒其从人无得高语疾驱。”用指“高论”，恐未安也。

〇“剩经楼听取，山僧尺八，奏潇潇雨”，“奏”字稍嫌草率。改“和潇潇雨”如何？

亚军　龚　敏

湖北大学文学院 2014 级硕士生

渡江云

送人之南京

大江流日夜，涵虚抱郭，极目并苍苍。鹧鸪啼未了，杂树生花，夹岸送温香。天风吹晚，恋楼角、一抹斜阳。能几番、市桥灯火，同倚看流光。　堪伤。娉婷夜色，烂熳春容，未恣游纵赏。还换作、收魂浦口，断梦河梁。披心欲尽深深意，促客程、汽笛悠扬。明日又、隔城各自思量。

【评点】

○词笔流利，技法娴熟。

○“大江流日夜”，以南齐谢朓《暂使下都夜发新林至京邑赠西府同僚》诗成句起，有气势。易原作之地南京为武汉，稍有翻换。接以“涵虚抱郭，极目并苍苍”，词气不弱，亦能衬副。

○“杂树生花”，变用南朝梁丘迟《与陈伯之书》“杂花生树”以协律，妙！

○“天风吹晚，恋楼角、一抹斜阳”，化用宋周邦彦《瑞鹤仙》（悄郊原带郭）词“斜阳映山落，敛余红、犹恋孤城栏角”，亦佳。

○“披心欲尽深深意，促客程、汽笛悠扬”，得“咽”字诀。“深深意”一说便浅，不如不说。不说，则含蓄无穷矣。又不明言“不说”，托之于汽笛催人，不容其说。聪明！

○善用古人固佳，若更能自出警策，则佳之又佳矣。譬之足球大赛，专恃“外援”，虽胜不武也。

季军　唐颢宇

南京大学文学院古代文学专业 2014 级硕士生

水龙吟

读《国殇》

览皇书纪年兮，郢中有国称兮楚。用兵踊跃，平随与越，援桴击鼓。林莽阴沉，穹云黯淡，马嘶神怒。遍丹阳原野，魂兮归去，尽飞作、湘江雨。　　王室伐征靡盬，问苍天、悠悠无语。兴师十万，家亲何怙，曷其为所。似血军旗，如山毅魄，爰居爰处。作歌兮止战，将王勿忘，戒其伤女。

【评点】

〇此词内容有创新。楚秦之战，楚诚属被侵略方；惟其平随亡越，亦属侵略他人。楚之“国殇”，固有无谓牺牲之战士在。作者独具只眼于楚侵略战争之祸国殃民，主题升华至“止战”高度，悲天悯人，具见人文情怀。此大赛其他获奖作品之多所缺乏，宜加奖劝者也。

〇“览皇书纪年兮”，变大赛指定苏轼体之“二二二”句式为“一二二一”句式，似未见其可。

〇“郢中有国称兮楚”，“兮”字位置有误。改“称之楚”如何？

〇“用兵踊跃……援桴击鼓”，用《诗・邶风・击鼓》：“击鼓其镗，踊跃用兵。”映射《楚辞・九歌・国殇》：“援玉枹兮击鸣鼓。”

〇“王室伐征靡盬，问苍天、悠悠无语。兴师十万，家亲何怙，曷其为所。”用《诗・唐风・鸨羽》：“王事靡盬……父母何怙？悠悠苍天！曷其有所？”

〇“爰居爰处”，用《诗 · 邶风 · 击鼓》与《小雅 · 斯干》成句。

〇“将王勿忘”，用《战国策 · 楚策》：“愿王勿忘也。”

〇“戒其伤女”，用《诗 · 郑风 · 大叔于田》成句。以上用皆妥帖，有渊雅之善。惟窘于格律，以“家亲”二字代“父母”，似失契勘。“家亲”者泛称亲戚，不专指父母。改“二亲”如何？

〇“林莽阴沉，穹云黯淡，马嘶神怒。遍丹阳原野，魂兮归去，尽飞作、湘江雨。”“似血军旗，如山毅魄”皆属佳句。惟“丹阳”二字不确，盖“丹阳之战”仍为秦楚之战，初与随、越无涉也。

优秀奖　程　悦

北京大学中文系2015级博士生

渡江云

感　庄

扶摇开万里，南溟空阔，上下两苍茫。御风应熟视，姑射神游，水火亦无伤。浑成物我，想无辨、白璧圭璋。却疾谁、仁行标举，覆手窃侯王。　相忘。人间似伪，蝶梦非虚，每萧然自丧。论死生、恒通为一，何费思量。鼓盆长啸霜天冷，愁还似、秋水汪洋。从郢逝、与谁重到濠梁。

【评点】

〇此亦学人之词也。

〇“感庄”，古无此题，不如径依大赛定题作“读《庄子》”。

〇“扶摇开万里，南溟空阔，上下两苍茫”，一起大笔振迅。用《庄子·内篇·逍遥游》：“鹏之徙于南冥也，水击三千里，抟扶摇而上者九万里。”

〇“御风应熟视，姑射神游，水火亦无伤”，“御风”，见《逍遥游》：“夫列子御风而行。”“熟视”“姑射”，动宾已完备，复加“神游”二字，即成蛇足。“水火亦无伤”，见《庄子·内篇·大宗师》：“古之真人……入水不濡，入火不热。”

〇“浑成物我，想无辨、白璧圭璋”，“白璧”“圭璋”盖同类，奚用“辨”为？此不免有趁韵之嫌。

〇“却疾谁、仁行标举，覆手窃侯王”，参见《庄子·外篇·胠箧》：“圣人不死，大盗不止。虽重圣人而治天下，则是重利盗跖也。为之斗斛以量之，则并与斗斛而窃之；为之权衡以称之，则并与权衡而窃之；为之符玺以信之，则并与符玺而窃之；为之仁义以矫之，则并与仁义而窃之。何以知其然邪？彼窃钩者诛，窃国者为诸侯，诸侯之门而仁义存焉，则是非窃仁义圣知邪？故逐于大盗，揭诸侯，窃仁义并斗斛权衡符玺之利者，虽有轩冕之赏弗能劝，斧钺之威弗能禁。此重利盗跖而使不可禁者，是乃圣人之过也。”惟“仁行标举”，似嫌生造。改“口宣仁义，覆手窃侯王”如何？

〇“人间似伪，蝶梦非虚，每萧然自丧”，“蝶梦”见《庄子·内篇·齐物论》：“昔者庄周梦为蝴蝶，栩栩然蝴蝶也，自喻适志与！不知周也。俄然觉，则蘧蘧然周也。不知周之梦为蝴蝶与，蝴蝶之梦为周与？”“萧然自丧”，无所出，可改“超然自丧”，见汉贾谊《鵩鸟赋》：“释智遗形兮，超然自丧。”或“窅然自丧”，见南朝梁王筠《问善寺碑》：“凝神汾水，窅然自丧。”

〇“论死生、恒通为一，何费思量”，《庄子·内篇·德充符》：“老聃曰：‘胡不直使彼以死生为一条，以可不可为一贯者，解其桎梏，其可乎？’”

〇“鼓盆长啸霜天冷，愁还似、秋水汪洋”，“鼓盆”，见《庄子·外篇·至乐》：“庄子妻死，惠子吊之，庄子则方箕踞鼓盆而歌。”然原典乃“歌”，非“啸”也。

〇“从郢逝、与谁重到濠梁”，《庄子·杂篇·徐无鬼》：“庄子送葬，过惠子之墓，顾谓从者曰：‘郢人垩慢其鼻端若蝇翼，使匠石斫之。匠石运斤成风，听而斫之，尽垩而鼻不伤，郢人立不失容。宋元君闻之，召匠石曰：“尝试为寡人为之。”匠石曰：“臣尝能斫之。虽然，臣之质死久矣。”自夫子之死也，吾无以为质矣，吾无与言之矣。’”又《庄子·外篇·秋水》：“庄子与惠子游于濠梁之上。庄子曰：‘儵鱼出游从容，是鱼之乐也。’惠子曰：‘子非鱼，安知鱼之乐？’庄子曰：‘子非我，安知我不知鱼之乐？’”以惠子为“郢人”则可，省“郢人”为“郢”则未见其可矣。

优秀奖　白海涵

四川大学文学与新闻学院古代文学专业2014级硕士生

水龙吟

读《楚辞》

也曾问对诸侯，才名早以贤良著。如今泽畔，佩兰被芷，餐英饮露。缱绻情深，始终难罢，一腔哀怒。况女媭骂詈，帝阍闭户，忠贞意、凭谁诉。　　若使世间得遇，岂求之、苍梧悬圃。可堪满眼，众芳污秽，美人迟暮。万里河山，无边云物，孤魂何住？待秋风袅袅，当来把酒，吊沉江处。

【评点】

○流畅自如，是柳永一路。用屈原故事、语典，多安稳妥溜。

○“也曾问对诸侯”，见《史记·屈原贾生列传》：“出则接遇宾客，应对诸侯。”从原典径作“应对诸侯”如何？

○“如今泽畔”，见《史记·屈原贾生列传》：“顷襄王怒而迁之。屈原至于江滨，被发行吟泽畔。”

○“佩兰被芷”，见《离骚》：“扈江离与辟芷兮，纫秋兰以为佩。”汉王逸《楚辞章句》曰：“扈，被也。楚人名被为扈。”从原典径作“佩兰扈芷”如何？

○“餐英饮露”，见《离骚》：“朝饮木兰之坠露兮，夕餐秋菊之落英。”

○“女媭骂詈”，见《离骚》：“女媭之婵媛兮，申申其詈予。”“骂”与“詈”同义，且无出处，似有凑趁之嫌。改“重詈”如何？王逸《楚辞·章句》曰：“申申，重也。言女媭见己施行不与众合，以见放流，故来牵引数怒，重詈我也。”

○“帝阍闭户”，见《离骚》：“吾令帝阍开关兮，倚阊阖而望予。”

○“苍梧悬圃”，见《离骚》：“朝发轫于苍梧兮，夕余至乎县圃。”

○“众芳污秽”，见《离骚》：“哀众芳之芜秽。”从原典径作“众芳芜秽”如何？

○“美人迟暮”，见《离骚》：“恐美人之迟暮。”

○“秋风袅袅”，见《九歌·湘夫人》：“袅袅兮秋风。”

优秀奖　郑易焜

西北大学文学院古代文学专业2015级硕士生

渡江云

长　江

擘冰开混瀚，万笳引月，险梦下巫阳。送帆如过鲫，怒鬣吹潮，岸压荡飞霜。繁星趁汐，恋芳魂、犹绕清湘。东注去、归墟何迥，辛苦作回肠。　　都忘。中流击誓，铁索埋沉，换烟涛兰桨。终古怅、鱼龙眠稳，先证秋凉。狂澜不障东南壁，任负运、夜壑舟藏。云幄散、天风碧水茫茫。

【评点】

○张弛有度，精彩纷呈。顾有若干明显失误，未能问鼎一甲，惜哉！

○“擘冰开混瀚，万笳引月，险梦下巫阳”，一起大气磅礴。

○“送帆如过鲫”，当读作“送——帆如过鲫”，句式与指定周邦彦词体作上二下三者不合。

○“怒鬣吹潮”，“鬣”字新奇，惜上文缺乏“蛟龙”之类意象以相照应，则“奇兵”竟成蹈险之“孤旅”矣。

○“岸压荡飞霜”，语不甚通。改“压岸荡飞霜”即通矣。然“压”“荡”二字犹嫌粗率，宜加烹炼。

○“繁星趁汐，恋芳魂、犹绕清湘”，“芳魂”似指娥皇、女英。上文张，此济以弛，妙！

○“归墟何迥”，“归墟”，见《列子·汤问》：“渤海之东不知几亿万里，有大壑焉，实惟无底之谷，其下无底，名曰归墟。八纮九野之水，天汉之流，莫不注之，而无增无减焉。”用得好！

○“中流击誓”，用《晋书·祖逖传》：“仍将本流徙部曲百余家渡江，中流击楫而誓曰：‘祖逖不能清中原而复济者，有如大江！’”然缩原典“中流击楫而誓”为“中流击誓”，似未见其可，盖“击誓”二字不辞故也。从原典径作“中流击楫”如何？

○“铁索埋沉”，见《晋书·王濬传》：“吴人于江险碛要害之处，并以铁锁横截之……（濬）作火炬，长十余丈，大数十围，灌以麻油，在船前，遇锁，然炬烧之，须臾，融液断绝，于是船无所碍。”

○“鱼龙眠稳，先证秋凉”，似从杜甫《秋兴》八首其四“鱼龙寂寞秋江冷”化出。

○“狂澜不障东南壁”，“壁”字嫌凑趁。味其语意，似指长江狂澜不能屏障东南半壁江山。然缩“东南半壁江山”为“东南壁”，似未见其可；且“障壁”云云，动宾亦不能搭配也。

○“任负运、夜壑舟藏”，用《庄子·内篇·大宗师》：“夫藏舟于壑，藏山于泽，谓之固矣。然而夜半有力者负之而走，昧者不知也。”好！

○“云幄散、天风碧水茫茫”，一结有余韵。

优秀奖　张志杰

四川大学文学与新闻学院古代文学专业2014级硕士生

水龙吟

雪文，陇西成纪人，某之石友也。初中相识，高中同班，而后同学于兰州。毕业谋职，一寄沪上，一寓维扬，两年后相约辞归，闭门考研。如今一在成都，一在兰州。正月初六日雪文弟远道来访。

数声倦鸟西山，斜阳一曲寒苍树。晴窗瑟瑟，风雕残雪，炉烟染暮。欲醉还斟，杯中旧事，平生心绪。问红尘踏尽，可能明了，郑樵鹿、卢生黍？　　早岁连城自许，顾而今、十年歧路。赵家天下，米家山水，参差都误。世事艰虞，偏偏狂简，惜哉难悟。却从来错怪，流云社燕，总将人负。

【评点】

○自嗟身世，言之有物，非为文造情者可比。有特定之社会认识价值，却无积极之人生价值取向；“少年”不足，“老成”

有余，究非所宜也。

〇小序长达七十余字，而所提供之信息，既与正文殊少关联，又非读者之所关注，故删存三五关键词，为简要词题即可。

〇“郑樵鹿”，《列子·周穆王》：“郑人有薪于野者，遇骇鹿，御而击之，毙之。恐人见之也，遽而藏诸隍中，覆之以蕉，不胜其喜。俄而遗其所藏之处，遂以为梦焉。顺途而咏其事。旁人有闻者，用其言而取之。既归，告其室人曰：‘向薪者梦得鹿而不知其处；吾今得之，彼直真梦者矣。’室人曰：‘若将是梦见薪者之得鹿邪？讵有薪者邪？今真得鹿，是若之梦真邪？’夫曰：‘吾据得鹿，何用知彼梦我梦邪？’薪者之归，不厌失鹿，其夜真梦藏之之处，又梦得之之主。爽旦，案所梦而寻得之。遂讼而争之，归之士师。士师曰：‘若初真得鹿，妄谓之梦；真梦得鹿，妄谓之实。彼真取若鹿，而与若争鹿。室人又谓梦认人鹿，无人得鹿。今据有此鹿，请二分之。’以闻郑君。郑君曰：‘嘻！士师将复梦分人鹿乎？’访之国相。国相曰：‘梦与不梦，臣所不能辨也。欲辨觉梦，唯黄帝、孔丘。今亡黄帝、孔丘，孰辨之哉？且恂士师之言可也。’”“卢生黍”，用唐沈既济《枕中记》故事。用典精切，而三言对亦工稳。

〇“早岁连城自许”，“连城”即和氏璧之代名词。“米家山水”，宋米芾、米友仁父子，以山水画著称。“流云社燕”，皆东西南北，漂流不定之象喻。凡此俱见作者诗词写作技法之娴熟。

优秀奖　胡江波

中国农业大学水利与土木工程学院2014级硕士生

水龙吟

毕业别京华师友

九街依旧喧哗，香车来往红尘路。高楼祖席，吟诗把盏，与君笑语。世事乖违，情留帝里，身归何处。自春回以后，花飞紫陌，繁华地、频频顾。　　忆昔伶俜数载，叹时时、独行风雨。他年有幸，交亲常伴，师恩无负。却望生涯，胸中意气，壮心如故。且休伤别绪，一杯饮尽，向前程去。

【评点】

○此亦离别之作，曰“胸中意气，壮心如故”，曰“一杯饮尽，向前程去”，较上首“阳光”多矣。少年豪放，固当如是！

○“与君笑语”，题曰“别师友”，是复数；“君”则是单数。“与君”二字宜改。

○“情留帝里”，“帝里”二字不合时宜。今乃共和国，非帝国矣。

○“繁华地、频频顾”，此时尚未离京，“顾”只作寻常“看”字用。然“顾”之本义为“回头看”。用于此，易致误会。

○“忆昔伶俜数载，叹时时、独行风雨”，此似追忆入京攻读硕士学位之前。按思维逻辑，当接叙入京后师友相得之乐，以为对比。不料下文却直接跳到对于将来之期盼：“他年有幸，交亲常伴，师恩无负。”章法未密，故文气亦不甚贯通也。

〇“却望生涯”，“却望”一般指回顾。谓“回顾生涯”，语便不通。

优秀奖　郑韵扬

北京师范大学文学院古代文学专业2014级硕士生

水龙吟

咏珞珈樱花

余曾负笈珞珈。北京玉渊潭樱花与珞珈樱花同为日本所赠。

问梅谁续芳音，温香径夺寒香去。约裁羽扇，流铺云幄，愿天稍驻。霞绮盈盈，珠光喷射，填衢仙侣。竟夜阑回雪，薄衣力怯，料难度、清明雨。　别事人间最惯，几枝牵、蓬山归路。不应垂首，素笺冰裂，檀心何诉。我亦离披，燕南楚北，一般轻付。奈名园碧瓦，年年春望，见伤情树。

【评点】

〇作者由武汉大学本科毕业，至北京师范大学攻读硕士学位。武大珞珈山以樱花著称，北师大地近玉渊潭，樱花亦盛。有此因缘，无怪乎其咏樱花一往而情深也。

〇“问梅谁续芳音”，词之发端，有直入，有渐引。此由梅说起，是渐引，好在从容不迫。“芳音”，“音”字不切，改

“芳华”或“芳标”如何？

〇“温香径夺寒香去”，好！

〇“约裁羽扇”，面积、体量过大，方须“约裁”；“羽扇”微小，何待“约裁”？“羽扇”以喻樱花，终嫌不似，改“羽葆”如何？惟“葆”当曰“擎”，亦不可“裁”也。

〇“流铺云幄”，“铺”“幄”，动宾搭配似不甚当。“幄”当曰“张”。

〇“愿天稍驻”，“天”字未安，改“愿春稍驻”如何？若见采纳，则下片末“年年春望”可改“年年三月”，以避“春”字之重复。

〇“别事人间最惯”，“别事”一般指“他事”。改“离别”如何？

〇“几枝牵、蓬山归路”，揣作者之意，似写樱花有情，牵挽留我，不放归去。然未能以文字精确表达。改“莫牵衣、欲留人住”如何？若见采纳，则上句“人间”可改“世间”，以避“人”字之重复。

〇“不应垂首，素笺冰裂，檀心何诉”，上句若改“莫牵衣、欲留人住”，则此三句亦须作相应调整。重点推敲“不应”二句，“檀心何诉”句好，毋庸改也。

山水诗词创作感言

“山水诗词”是以“山水风光”为主要描写对象的诗词。在古典诗词中，它是一大热门，历朝历代，高手如云，佳作如林。正因为这样，当代诗词作者写此题材，就有相当的难度。如云之高手在上，如林之佳作在前，要想出头出众，要想出新出彩，谈何容易！对此，我们应有清醒的认识，不可妄自尊大，盲目乐观。然而，古人并没有，也不可能将所有的荒野都走成路，故今人完全可以另辟蹊径。对此，我们也应有正确的认知，不可妄自菲薄，盲目悲观。

例如古代诗人词人足迹罕至的青藏高原，尽管山水风光千姿百态，也没有多少题咏讴歌它们的诗词作品。此类尚多，就给当代的诗人词人留下了大块的用武之地。数年前，笔者参加国务院参事室中华诗词研究院、中国书画研究院联合组织的青藏高原采风活动，写了一组山水诗词，兹录《鹧鸪天·藏东行》一阕：

一箭穿行梦幻诗，飞车拉萨向林芝。神山面目云中改，怪树魂灵窗外驰。　　红簌簌，碧离离。牦牛鬣马饮清溪。村村五彩缤纷瓦，不信桃源有此奇。

此类作品，平者亦奇，奇者益佳。拜现代化发达交通之所赐，“行路”既不再“难”，创作山水诗词就容易了许多。莫说古人“近水楼台先得月”，占尽便宜——今人也有讨巧的地方，足以让我们的先辈“羡慕嫉妒恨”。

还有一些山水名胜，虽然也得到过历代众多诗人词人的青睐与歌咏，但由于种种原因，相关作品尚未能臻于很高的艺术水平。在这些地方，我们当代诗人词人仍有踵事增华、后来居上的创作空间。例如浙江雁荡山的大龙湫，它是中国“四大名瀑”之一，其水自雁荡最高峰、海拔 1056 米的百岗尖飞跳直下，落差达 192 米，为世所罕见。描绘大龙湫的诗歌，自宋至清，连绵不绝，但总体来说成就平平。最大的缺憾在于想象力贫乏，诸如“玉龙”“白练”“飞泉”之类的陈词居多。较为新奇的作品当推清人袁枚的《大龙湫之瀑》：

龙湫之势高绝天，一线瀑走兜罗绵。
五丈以上尚是水，十丈以下全是烟。
况复百丈至千丈，水云烟雾难分焉。

二、三、四句的确精彩不凡。稍欠者，意尽于言，几无回味之余地。笔者游大龙湫，有感于如此奇观而缺少佳作以相媲美，一时技痒，乃走笔为二十八字曰：

一绳水曳素烟罗，百丈疑悬织女梭。

何用秋槎浮海去？攀援直上即天河！

大龙湫的特点是细而且长，故首句以“一绳水”为言，次句进而将它拟作从天外织女的织梭上悬垂下来的一缕纱线。三、四句顺势就“织女”“绳”这两点生发，化用了一个常见典故——晋人张华《博物志》卷十曰：

旧说云天河与海通。近世有人居海滨者，年年八月，有浮槎去来，不失期。人有奇志，立飞阁于槎上，多赍粮，乘槎而去。十余日中，犹观星月日辰；自后芒芒忽忽，亦不觉昼夜。去十余日，奄至一处，有城郭状，屋舍甚严。遥望宫中，多织妇。见一丈夫牵牛渚次饮之。牵牛人乃惊问曰：“何由至此？”此人具说来意，并问此是何处。答曰：“君还，至蜀郡访严君平，则知之。”竟不上岸，因还如期。后至蜀问君平，曰某年月日有客星犯牵牛宿。计年月，正是此人到天河时也。

自李白《望庐山瀑布》诗“飞流直下三千尺，疑是银河落九天”之后，以“银河”或“天河”为瀑布之水源，已经成为诗词中的套语。笔者此处沿袭了这一思维定式。但前人用此，视线多自上至下；笔者倒戟而入，自下至上——故仍有新变。大龙湫既是瀑布，那么也不妨想象它的水是从“天河”倾泻下来的。如此，则沿着这根“绳”攀援而上，不就可以直达“天河”了吗？（几何学定理：两点之间，以直线距离为最短！）何必舍近求远，乘“浮槎”（木筏）漂流海上，多走许多冤枉路，兜那么个大圈子呢！笔者的这一艺术构思，似未见于古人，庶几可谓新创。亦有诗的妙趣，或能博知音者会心一笑。

话还得说回来。换个角度看，倘若我们当代诗人词人只敢在古人足迹未到之处写山水诗词，只敢在古人较少留下佳作的名山胜水间与他们竞技，那也太没有出息了。“鲁班门前弄大斧”，才具有挑战性。李白到了黄鹤楼，叹曰：“眼前有景道不得，崔颢题诗在上头。”我们在钦佩他“文人相重”、勇于“服善”之气度与襟怀的同时，不免又平生出些许遗憾：倘若他不轻易认输，一挥椽笔，写出超过或至少不亚于崔颢的黄鹤楼诗来，那该多好！知难而进，固然有可能失败，但侥幸成功也未可知。好在写诗并非蹚地雷阵，即使“不成功”，也不至于“便成仁”。笔者数十年间多次游过西湖，均以名流胜咏实在太多，敛手不敢措一词。前两年出席杭州的一次诗书画雅集，按惯例须作西湖诗。想那一湖水光山色、四季风景，早被白居易、苏轼以来的众多诗人词人写得旖旎无限，何以复加？真不知该从何处落墨。但此番无法搪塞，只好硬着头皮勇往直前。笔者别无他长，唯于自己所热爱的诗词创作，“发烧”到了“骨灰级”，多少有那么点老杜所谓“语不惊人死不休”的执着。不诗则已，要写就得写出几分新的不受古人牢笼的意匠经营。感谢这次可谓“社会强迫”的一“逼”，竟“逼”出了一首自己比较满意、诗友们也颇为称道的作品来：

四时花气酿西湖，细雨嗆香淡若无。
一似春宵少女梦，最温馨处总模糊。

其成功之处，自我感觉在于选定西湖之春烟雨朦胧的典型场景，用了一个新鲜、美丽的比喻去摄取她的神韵。描摹山水，写形易，写神难。画如此，诗词亦复如此。欲与古人山水名家名作一争短长，当于此处留意，当于此处用心。

这篇短文，说的虽只是山水诗词创作，其实，任何题材的当代诗词创作，亦莫不如此。在文章结束之时，再重申一遍笔者此文最想表达的意思：古人是人，今人也是人；名家是人，我也是人——谁也不是三头六臂。古人能做到的，今人怎么就做不到？名家能做到的，只要肯像他们那样刻苦学习，坚持不懈，我们也一定能够做到！

论对仗可分解到单字

对仗，是中国传统诗词创作中最基本，也是最重要的技法之一。

早在《诗经》时代就有对仗，如《诗经》中的《小雅·采薇》:“昔我往矣，杨柳依依。今我来思，雨雪霏霏。”而且还是“扇面对”。此后一直到近体诗定型的唐代，在汉、晋、南北朝、隋等历代古体诗里，也都有对仗。只不过那是“自选动作”，用或不用，是诗人的自由。到了近体诗的律诗里，对仗才成了“规定动作”。

一般来说，五七言律诗与五七言排律，必须对仗。至于词，虽没有硬性规定，但在某些词调的某些句位，采用对仗句式往往成为多数作者的自觉选择，是所谓“约定俗成”。

五七言律诗与五七言排律，特别是五七言排律，对仗既是“规定动作”，又是“主要得分手段”。如杜甫的七律名作《登高》(风急天高猿啸哀)，就通篇都是对仗。传统诗词的其他样式，对仗虽只是“自选动作”，但也可以是“主要得分手段”。

如王之涣的五绝名作《登鹳雀楼》，也通篇都是对仗。王维的五律《使至塞上》，以一联精彩的对仗“大漠孤烟直，长河落日圆”而传诵千古，但其他六句，似乎并不特别出众。这就好比某些在“世界杯”足球赛中取得了不俗战绩的球队，未必个个球员都是大牌，但只要有两三位超级球星组成“黄金搭档”，也可能杀进决赛。

任何“得分手段”都只是“手段”，最终能否“得分”，还要看你是不是善于运用。若不善于运用，则“得分手段”也可能导致“失分”，诚所谓“成也萧何，败也萧何”。对仗也不例外，写得好，活色生香，灵动流走，珠联璧合，川媚山辉；写得不好，陈腐落套，呆滞刻板，别腿掣肘，两败俱伤。

当下许多介绍诗词格律的普及读物，包括王力先生的《诗词格律》《诗词格律十讲》等，谈到对仗，都说上句与下句须语法结构一致，相对的词语须词性相同，如名词对名词，动词对动词，形容词对形容词之类。但这只是教初学者要守规矩。按这些规矩去对仗，像清人李渔《笠翁对韵》那样去“天对地，雨对风，大陆对长空”，虽然中规中矩，却未必能写出精彩的对仗来。

古人写文章，写诗词，靠的是熟读经典，举一反三；靠的是语言感觉，习惯成自然；哪里讲什么“语法”？如今各大学中文系所教授的“古汉语语法”，是近代学者马建忠《马氏文通》借鉴西方语言的语法而构建，又经过后来诸多学者的不断改进与完善才定型的，它的出现很晚。

又，古人讲词汇，只粗分两大类——“实词”与“虚词”。所谓“实词”，指的是实有的名物词，也就是现代汉语里的“具体名词”，如“柴米油盐”“桌椅板凳”之类。与现代汉语里凡“有实际意义”的词汇都叫“实词”，不是同一个概念。

所谓“虚词”，则是除“实有名物”之外的一切其他词汇，与现代汉语里“没有实际意义，只有语法功能”的“虚词”，也完全不是一码事。

总之，在古人那里，并没有我们现代汉语中分得那么明确、清晰、细致入微的“名词、动词、形容词、数词、量词、代词、副词、介词、连词、助词、叹词”等词性概念。因此，在古人的诗词创作实践中，不同词性的词语相对仗，不同语法结构的句子相对仗的情形并不少见。

明白这一点，我们便知道，当下那许多介绍诗词格律的普及读物，关于对仗的界定是不完备、不准确的。

初学写诗词，故不妨像小学生初学写毛笔字那样，把它当作“描红簿”，点横竖撇捺，依样画葫芦；但写到一定的程度，就要明确树立这样一个意识：那些所谓的“规矩”，并不见得就是古人的“规矩”，更不是“金科玉律”；必须“敢”越雷池，打破那些条条框框，万不可画地为牢，“守”法自弊！

对仗的要诀，我个人的领悟是：可分解到单字，而不仅仅是单词。

用自然科学来打比方，物理学意义上的物质变化一般只到分子为止，分子不变，故不产生新的物质；而化学意义上的物质变化则一般要突破分子的界限，到达原子的层面，旧分子拆分重组为新分子，故能产生新的物质。对仗而以单词为最小单位，就好比物理学变化到分子为止；以单字为最小单位，则好比化学变化可到达原子层面。

若论全新变化与千变万化，当然是“化学变化”较“物理变化”更占优势。因此，从理论上说，对仗而分解到单字，较之仅分解到单词，有可能更新，更活，更多变。从实践上说，写得好则可能会更有趣，更有味，更奇妙而匪夷所思。

试举拙作若干首为例。如五律《洪洞大槐树》：

寻常一槐树，八九百年身。
见惯别离事，走过千万人。
迁移曾活国，苦难只生民。
不死根犹在，神州神此神。

其中“迁移曾活国，苦难只生民”一联，说明代的几次大移民曾经改变了全国因元末战乱而造成的人口与土地不平衡的局面，对国家的经济发展起到了重要的历史作用；但离乡背井、颠沛流离的苦难却是由老百姓来承担的。

“活国”是“使国家活起来”，是一个动宾结构；“生民”则是“人民”，是一个集合名词。语法结构与词性都不同。但分解到单字，“活”对“生”，“国”对“民”，却很工。

又如拙作五律《忻州怀古》：

三关多壮节，千古几雄争。
山有奔腾势，水无柔媚声。
大农劳馈饷，颇牧作干城。
微此风霆护，哪容云雨耕。

其中“大农劳馈饷，颇牧作干城”一联，“大农”是户部长官（军粮的征集与运输，是户部的职责）的别称，而“颇牧”是战国时期赵国两位名将廉颇、李牧的并称。二者虽同属名词，但结构并不一样。然而，如分解到单字，则“大”对“颇”，“颇”借其形容词或副词义；“农”对“牧”，“牧”借其行业名词“农林牧副渔”之“牧”义，看起来就工了。

又如拙作五律《桂平》：

涛惊藤峡壮，邑叹桂枝香。
二水分秋月，一山收夕阳。
金田通大泽，玉汝成小康。
愿景群飞蝠，周天舞吉祥。

其中“金田通大泽，玉汝成小康”一联，“金田”是广西桂平市的金田村，太平天国起义之地，是一个地理专名；而“玉汝”则是宋张载《西铭》所谓“贫贱忧戚，庸玉女（即‘汝’）于成也”（贫贱忧戚如同打磨璞玉一样磨炼你，使你成功）之意，是一个动宾结构。语法结构与词性都不同。但分解到单字，“金”对“玉”则工。

“大泽”是陈胜吴广起义的“大泽乡”，也是一个地理专名；而“小康”则是一个偏正词组。语法结构与词性也都不同。但分解到单字，“大”对“小”则工。

又如拙作五律《登北固楼》：

词唱南徐好，楼登北固高。
檐牙啮银烂，犄角瞰金焦。
塔影春秋笔，江声日夜潮。
书生便文弱，到此亦能豪。

其中“欃牙啮银烂，犄角瞰金焦”一联，“银烂”是圆月，唐卢仝《月蚀》诗有“烂银盘从海底出”之句；“金焦”则是金山与焦山的合称。语法结构与词性也都不同。但分解到单字，则“银”对“金”、“烂”对“焦”（借为“焦头烂额”的那个“焦”），就很工。

又如拙作五律《游布达拉宫，恨无六世达赖仓央嘉措灵塔》：

一抹云飞白，四垂天静蓝。
琳宫百折上，灵塔几寻探。
独不见嘉措，同谁作快谈？
所欣诗有在，真气拂林岚。

其中“琳宫百折上，灵塔几寻探”一联，“百折上”是二一句法，“几寻探”是一二句法，语法结构差异更大。但如分解到单字，则“折”对“寻”，“折”本义虽是动词，这里却作为“百”的量词；而“寻”这里虽是动词，借其量词“八尺为一寻”之义，与“折”对仗便工。

类似的例子还有拙作五绝《为中国韵文学会贺宋代文学国际研讨会开幕》：

学术因时变，文章有代雄。
好裁天水碧，快写满江红。

其中“学术因时变，文章有代雄”一联，“因时变”是二一句法，“有代雄”是一二句法，语法结构差异也相当大。“代雄”

语出南朝梁萧子显《南齐书·文学传》:“若无新变，不能代雄。”“代”是“替代”，为动词。借用为“时代”之“代”，与“时”对仗亦工。

又如上文所录拙作《游布达拉宫，恨无六世达赖仓央嘉措灵塔》中另一联“独不见嘉措，同谁作快谈”，“嘉措”即六世达赖喇嘛仓央嘉措，乃藏族人名的汉字音译;“快谈”则是形容词加名词的偏正词组。语法结构与词性也都不同。但如分解到单字，则“嘉”可借其形容词“美好”义，“措”可借其名词“举措”义，于是与“快谈”对仗，看起来也很工稳。

类似的例子，还有拙作五律《己卯孟夏浙江新昌李白与天姥国际学术讨论会》:

南风迟毕日，东浙熠奎星。
旧雨连宵至，新茶一座馨。
灯花传太白，炉火继纯青。
从此唐诗路，宜镌百丈铭。

其中“灯花传太白，炉火继纯青”一联，“太白”是人名，即李白;“纯青”则是形容词。语法结构与词性也都不同。但如分解到单字，“太”对“纯”，“白”对“青”，则不可谓不工。

又如拙作五言排律《武当山》:

道教汉文化，仙都明武当。
峰危天可柱，云漫海如床。
金顶风披露，朱垣雪隐藏。
东来朝气紫，西坐帝衣黄。

一剑少林敌，三丰太极张。
大兴言乃验，举世瞩玄光。

其中“一剑少林敌，三丰太极张”，是说武当剑可敌少林棍，武当张三丰开创了太极拳。这两句的语法结构、各单词词性差别相当大。但分解到单字，则“一”对“三”，“少”对“太”（此二字常对举，如祭祀规格有“太牢”“少牢”，职官名目有“太师”“少师”和“太傅”“少傅”，等等），却很工。因此，全联亦不失为宽对。

在排律诗的诸多对仗里，偶有一二这样的另类，可救因对仗句数量多而容易造成的窒息，宛如围棋的“眼”，有“眼”则一大片棋皆活，无“眼”则一大片棋皆死矣。

又如拙作五律《贺凤凰出版社建社三十周年》：

三十立功德，针线嫁衣裳。
读物充寰海，凭人计码洋。
谁夸兰麝贵，孰与墨油香？
浴火六经在，高台起凤凰。

其中“读物充寰海，凭人计码洋”一联，“读物”是一个名词，“凭人”即“任人如何如何”，并不是一个单词。语法结构明显不同。但分解到单字，“物”对“人”则很工。

附及，“寰海”即全国；“码洋”则是图书出版发行的专用术语，指全部图书定价总额，“洋”是“三百块大洋”的那个“洋”，即“钱”。两者虽同属名词，但风马牛不相及，似乎很难相提并论。但分解到单字，则“洋”借为太平洋、大西洋的那个“洋”，与“海”对仗便工，且横生出几分妙趣来。

又如拙作五律《至江汉大学出席高等学校诗教工作暨当代中华诗教理论研讨会，下榻沌口经济开发区三角湖度假村》：

三角湖村月，两天江汉人。
此来非度假，所得是求真。
经济须开发，风骚莫泯沦。
中华有诗教，大学正当仁！

其中“此来非度假，所得是求真”一联，名词“假期”之“假”，借为形容词“虚假”之“假”，以与“真”对。

又如拙作七律《雁门关》：

北戒山河一链横，雁门高阁压长城。
国除秦楚谁勍敌，世不汉唐休远征。
马阻单于南下牧，牛安六郡雨中耕。
千年事逐秋鸿去，壮气犹飞百尺甍。

其中“马阻单于南下牧，牛安六郡雨中耕”一联，匈奴酋长“单于”之“单”（读“蝉”），借为数字“单独”之“单”，以与“六”对。

又如拙作七绝《邛海观渔》：

远岫云飞狂草白，近湖水印野花黄。
渔舠三五猎邛海，曳得乱跳鱼一舱。

其中“远岫云飞狂草白，近湖水印野花黄”一联，书法“狂草”之“草”，借为植物“草木”之“草”，以与“花”对。这些也都是分解到单字来对仗的用例。

又如拙作五律《台湾东西横贯公路》：

过海解重甲，开山胜五丁。
康庄劳斧凿，峡谷走雷霆。
桥拱长新月，灯编太古星。
军声同此路，横贯万峰青。

其中“过海解重甲，开山胜五丁”一联，“重甲”是“两层铠甲”，喻指全副武装，是一个偏正词组；“五丁”则是“五丁力士”，传说里古蜀国的五个大力士，曾开山修蜀道，是一个专用名词。语法结构与词性也不尽相同。但分解到单字，则“重”对“五”是数字对，“甲”对“丁”可借义为天干（甲乙丙丁戊己庚辛壬癸）对，却很工稳。

近似的例子还可举拙作五言排律《伊犁》：

云乱真丝白，天垂宝石蓝。
有山长戴雪，无谷不蒸岚。
日落牛羊下，星高鹰隼探。
闹花春在夏，征雁北由南。
令节过重五，胜游争再三。
牧歌能伴舞，疆史足倾谈。
青袅帐中爨，红飞颧上酣。
伊犁醇似酒，一醉尽千罈。

其中“令节过重五，胜游争再三”一联，“重五”是农历五月五日端午节，而“再三”则是“一而再，再而三”的意思，语法结构与词性也不尽相同。但如分解到单字，则“重”对“再”是隐性数字对，“五”对“三”是显性数字对，亦甚工稳。

笔者的这一认知，还可以反过来表述。

对仗要想对得好，字面的“工”固然很重要，但更重要的是，这个“工”不能以“合掌”或“近于合掌”为代价。如果能做到“貌合神离”——单字极“工”而组成单词及语句后却又能拉开上下联之间的句义距离，使文笔飞扬起来，那对仗便“活”了，再也不至于一不留神便犯“合掌”的毛病。

拙作七律《五一二大地震四周年祭》：

交胜天人道未穷，三川地裂一针缝。
生灵下界方刍狗，死魄中宵竟烛龙。
雨后蕈排新市镇，风前壁立旧云峰。
曙光红衬国防绿，民气军声叠万重。

其中“生灵下界方刍狗，死魄中宵竟烛龙”一联，以“生灵”对“死魄”，“生”对“死”之为的对，固不必说；“灵”与“魂”可组成单词“灵魂”，“魄”与“魂”亦可组成单词“魂魄”，因此“灵”对“魄”也是很工整的。

然而，“生灵”是活人，“死魄”却不是死人。如果用死人来对活人，虽不算“合掌”，但距离总没有拉开，仍然缺乏张力，句意不够劲健。此联对仗的看点，在“死魄”是初生的月亮。《新唐书》卷二七《历志》曰：“凡月朔（农历每月初一）而未见曰‘死魄’。”此时夜晚因无月光照明，故显得特别黑暗。

全联的意思是说，天地不仁，视下界生灵如草扎成的狗，不加爱惜（指“五一二”大地震中，有太多的人死去）；但中国人是坚强的，万众一心，奋起救灾，哪怕是漆黑的深夜，也有火龙在熊熊燃烧！

上联是“天胜人”，下联是“人胜天”，终极指向是“人定胜天”。这样的对仗，应该说还是比较成功的。

又如拙作五绝《澳门回归前访澳，谒妈阁，盖妈祖庙也》：

红阁存妈祖，黄轩有子孙。
易干沧海泪，难蚀故乡魂。

其中“红阁存妈祖，黄轩有子孙”一联，看点在于，分解到单字，“红”对“黄”，“阁”对“轩”（借为建筑物之“轩”），“妈”对“子”，“祖”对“孙”，都很工；但组成单词，则“红阁”即“红色的楼阁”，是一个偏正词组；“黄轩”即“黄帝轩辕氏”（汉张衡《东京赋》：“齐德乎黄轩”），是一个人物专名；“妈祖”也是一个人物专名；而“子孙”不是。两对词语，结构都不同。

这首诗写在澳门回归之前，此联是说，澳门还存有妈祖庙，证明澳门人并未忘记自己是黄帝的子孙。上下联看似平列，实为因果。这样的对仗，内涵较丰富，应该说也是成功的。

又如拙作七绝《偏头关过八路军一二〇师抗日战地》：

抗日何尝不正面，奔雷昔亦过偏头。
关前多少英雄血，都入黄河天际流。

其中“抗日何尝不正面，奔雷昔亦过偏头”一联，看点在于，分解到单字，“日”（借为“日月”的“日”）对“雷”，“正”对“偏”，“面”对“头”，也都很工；但组成单词，则“抗日”是一个动宾结构；“奔雷”（即“迅雷”）是一个偏正结构；“偏头（关）”是一个地理专名；而“正面”不是。两对词语，语法结构与词性都不同。

此联是说，八路军何尝没有正面抗日？他们以迅雷之势奔袭日军占领下的偏头关便是证明。“正面抗日”是现代语，“偏头”则其语俚俗，本来不易入诗。巧用来构成一联对仗，不但有意义，而且有趣味，应该说也是成功的。

又如拙作七律《致敬抗疫前线女天使》：

旁观莫认入空门，三尺青丝削到根。
秋水传神得瞳孔，春山莫怪失眉痕。
腰重铠甲蛮成哙，舌遍苦辛茹并吞。
夜夜和衣卧前哨，无声处有国之魂！

其中“秋水传神得瞳孔，春山莫怪失眉痕”一联，看点在于，分解到单字，“神”（借为“鬼神”的“神”）对“怪”（借为“妖怪”的“怪”），很工；但组成短语，则“传神”之“神”是名词；而“莫怪”之“怪”是动词，其语法结构与词性都不同。“腰重铠甲蛮成哙，舌遍苦辛茹并吞”一联，“甲”“辛”都可借为天干（甲乙丙丁戊己庚辛壬癸），故属对甚工；但组成单词，“铠甲”是实有的名物，“苦辛”则否。

此二联是说，抗疫第一线的女医护人员由于戴着严实的头盔，只露出眼睛，但她们的眼睛充满着对病人的关爱，是最美丽的眼睛！由于穿着臃肿的防护服，她们婀娜多姿的“小蛮腰”，一变而为勇士“樊哙”（汉高祖刘邦麾下的猛将）的五大三粗。她们含辛茹苦，默默地吞下去，一声也不吭！笔者尝试着从形、神两方面去刻画抗疫前线女战士群像，自谓还算得上生新。

关于对仗，值得探讨的问题还有许多。限于篇幅，本文重点只谈“对仗不必拘泥于语法结构与词性，可分解到单字”这一个方面。其他隅见，容异日另外撰文论述。不当之处，尚祈诗词创作界、评论界的诸位同仁批评指正。

特别声明：此类对仗，并不是我的发明，古诗词中早有成例，称为“借对”。我只是试图进一步从理论上去予以分析与总结，抉发它的本质，阐发它的美学价值和诗学意义，并且在实践上特别重视，有意识地身体力行而已。

唐宋人依据什么来写词？

唐宋时期（包括金代）的作家，可以分为两种：精通音乐、音律的，不大懂音乐、音律的。

唐宋时期（包括金代），词乐盛行，词主要是当时流行、流传歌曲的歌词。因此，精通音乐、音律的作家写词，是所谓“倚声填词”，即根据不同的词的音乐曲调来写词，很注重歌词与音乐曲调的配合。也就是说，考虑的不仅是词意和词的文学性，还要考虑唱起来是不是好听。

北宋后期，中国古代最杰出的女词人，精通音乐、音律的李清照，论词时说过，词“别是一家”，与诗是有区别的：

> 诗文分平侧，而歌词分五音，又分五声，又分六律，又分清浊轻重。

什么意思呢？就是说，诗文讲究的是“平仄”，词讲究的不是“平仄”，而是“音律”“声律”。

“五音”是什么？是古代音乐学中的“宫商角徵羽”，即现代音乐学所说的五声音阶中的五个完全音，简谱的1、2、3、5、6。如加上两个半音，“变徵”（4）和“变宫”（7），即成为七声音阶。

“五声”是什么？是“唇齿喉舌鼻”，即不同的发音部位。

“六律”是什么？主要指古代音乐学中的六个阳律：黄钟、太簇、姑洗、蕤宾、夷则、亡射。如果再加上六个阴律：大吕、夹钟、中吕、林钟、南吕、应钟，共为十二律，即古乐中的十二调。在一个八度音程中，五个完全音“宫商角徵羽”（12356），可再分成十个半音；加上原有的两个半音“变徵”（4）“变宫”（7），共十二个半音。古乐中的这十二律，已经很接近现代音乐学中的“十二平均律”了。但古乐中的这十二律，精确计算还不够“平均”，只能说是“十二不平均律”。

“清浊轻重”是什么？“清”是“清音”，发音时声带不振动的音，如普通话语音中的p、t、k、f、s等。“浊”是“浊音”，发音时声带振动的音，如普通话语音中的b、d、g、z等。“轻”“重”则分别指发音的弱与强。

李清照所说的作词要讲究五音、五声、六律、清浊轻重等理论，在南宋末又一位精通音乐、音律的词人张炎那里，也得到了印证。张炎有一部词学理论批评著作《词源》，那里边记载，他的父亲张枢精通音律，每作一词，必先请歌手歌唱，稍有不合音律之处，随即改正。张枢曾作《瑞鹤仙》词：

卷帘人睡起。放燕子归来，商量春事。芳菲又无几。减风光、都在卖花声里。吟边眼底。被嫩绿、移红换紫。甚等闲、半委东风，半委小桥流水。　还是。苔痕湔雨，竹影留云，做晴犹未。繁华迤逦。西湖上、多少歌吹。粉蝶儿、扑定花心不去，闲了寻香两翅。那知人、一点新愁，寸心万里。

这首词唱起来，字声都合音律，只有“粉蝶儿、扑定花心不去”一句中，“扑”字稍有不合，于是改为“粉蝶儿、守定花心不去”，就合音律了。“扑”“守”二字都是仄声，为什么要改？可见歌词讲的不是或不仅是平仄，而是音律。

张炎《词源》还记载，张枢又作《惜花春起早》词，中有“锁窗深”一句，唱起来感觉“深”字不合音律。改为“锁窗幽”，还是不合音律，最后改为“锁窗明”，唱起来才合音律。“深”“幽”“明”三字都是平声，为什么要改？仍然可见歌词讲的不是或不仅是平仄，而是音律。

讲究“音律”和“声律”完美配合，歌唱起来才好听。李清照论词时又说，北宋作家中，只有柳永、晏几道、黄庭坚、秦观、贺铸等才是懂音乐、音律的。（她没有提周邦彦，或许当时周邦彦还未成名。）而晏殊、欧阳修、苏轼等，虽然学问很大，却不大懂音乐，因此他们作的词，不过是句子长长短短不整齐的诗罢了，并不合音律。王安石、曾巩等，虽然古文写得好，但读他们写的词，人们会笑得前仰后合。她在批评晏殊、欧阳修、苏轼等作家之后，才发表“诗文分平侧，而歌词分五音，又分五声，又分六律，又分清浊轻重”等观点的，这就等于告诉我们，晏殊、欧阳修、苏轼等作家是用写诗文的方法来作词的，讲的不是“音律”，而是“平仄”。而他们都属于不大懂音乐、音律的作家。

我为什么讲这个问题？就是要论证：唐宋时期（包括金代），词乐盛行时期，精通音乐、音律的作家，作词讲的是音律。而不大精通音乐、音律的作家，才只讲平仄。至于元明清一直到现当代，词乐失传，人们无法回到唐宋词的原生态，无法再讲音律，也就只能把词当作一种讲究格律的诗歌文体来写作了。同是作词，“此词”非“彼词”，非不为也，是不能也。

我们今天依据什么来写词？

可供选择的答案有两个：1. 依据词谱。2. 依据唐宋名家词。

这个 2，在一些人看来，可能有点“二”。他们固执地只相信词谱，认为只有依据词谱才“靠谱”，而不明白今天我们可资选用的任何一部词谱，都主要是根据唐宋词分析、归纳出来的，都只是“流”而不是“源”。为什么我们不直截了当地溯其源，而非要沿其流呢？

当然，依据唐宋名家词，是要以辨章学术、考镜源流为前提的，一般作者很难做到。因此，我也只能无奈地推荐答案 1 作为诸位的首选。因为它比较简便易行，比较具有可操作性。

当然，对于有条件的、有更高追求的作者，我还是建议直接依据唐宋名家词。

北宋晚期，宋徽宗时，中央朝廷的音乐机关大晟乐府曾经编集过词的音乐谱，但未能流传下来。

在词乐盛行时，精通音乐、音律的词人直接依据不同词的音乐曲调来写词，用不着词谱。

不大懂音乐、音律的作家仿效著名词人词作的句度、分段、平仄、押韵方式来写词，也用不着词谱。

精细一点的作家不但仿效著名词人词作的句度、分段、平仄、押韵方式，甚至精细到仿效其所用平上去入四声，例如南宋方千里、杨泽民、陈允平等三家和清真词（周邦彦词）。他们直接把北宋格律派著名词人周邦彦的《清真词》当作了词谱。

到了词乐失传后，词学家们才“亡羊补牢”，主要依据唐宋词的文学文本来编制词谱。

这项工作始于明代。但此类词谱，已经不是音乐谱，而只是文字谱，标明句度、分段、平仄、押韵方式而已。

1911 年以前，此类词谱中，规模最大的是清康熙五十四年（1715），康熙皇帝命王奕清等编制的《钦定词谱》，共收了 820 个词调，2300 多体。每调每体，都以唐宋词（也有少量元词）为范本。为什么“体”是“调”的近三倍呢？原来，某些词调，古人所作不尽相同，字数有出入，句度有出入，押韵句数有出入，等等。凡有这样的情况，《钦定词谱》都列为同调中的“又一体”。于是，“体”的数量就远远多于“调”了。

当然，《钦定词谱》的编纂者并未能够、实际上也不可能读尽天下之书，遗漏在所难免。

当代有一些学者正在编制新的、收罗更完备的词谱，相信他们踵事增华，后来居上，比起《钦定词谱》来，无论是“调”的数量，还是“体”的数量，都会有较大的突破。

在目前情况下，对于一般爱好写词的朋友来说，有《钦定词谱》收罗的那 820 调、2300 多体，其实也够用了。

如果从更为实用的角度来考虑，龙榆生先生编著的《唐宋词格律》也很值得推荐。

全书精选了150多个唐宋人常用的词调，分“平韵格”“仄韵格”“平仄韵转换格”“平仄韵通叶格”“平仄韵错叶格”五类，以类相从。

龙先生（1902—1966）是现当代学术界公认的三位“词学大师”之一，生前为上海音乐学院教授。另两位“词学大师”分别是夏承焘先生（1900—1986），生前为杭州大学（现已并入浙江大学）教授；还有我攻读硕士、博士学位的导师唐圭璋先生（1901—1990），生前为南京师范大学教授、博士生导师。

我们通常把写词称为“填词”，这个“填”字用得非常形象，就是说按照词谱，一个字一个字地“填”满规定的字位。什么字位该用平声字，什么字位该用仄声字，什么字位可平可仄；什么地方该用什么节奏的句式（例如四字句，该用“一二一”特殊句式的，就不能按常例用“二二”句式；又如六字句，该用“三三”特殊句式的，就不能按常例用“二二二”句式，等等）；什么地方该分段；什么地方该押韵，什么地方该换韵，一切遵照词谱就是了。记性再好的作者，也不大可能把800多词调、2300多词体都背得滚瓜烂熟。能记得100—200个常用词调、词体就已经很了不起了，要想用冷僻一点的词调和词体，还是得翻翻词谱，按照词谱来“填”。

现在全国各地每年都会有各种各样的诗词赛事。如果在座的朋友们愿意共襄盛举，务请仔细阅读主办单位发布的公告。

如公告中明确规定参赛词作以哪一种或哪几种词谱为准，

遵照公告执行就好。

如公告中没有明确的规定，那么您可以优先考虑使用《钦定词谱》和龙先生的《唐宋词格律》。最好能说明您采用的是哪本词谱的哪一体，并把此谱此体的格律附上。这样做，既可以证明大作是“靠谱”的，也方便评委们核查，使他们放心。

如果您不参赛，只是自娱自乐，或与词友们交流，那就不必多此一举了。只要有可靠的依据，按谱填词，自己安心就好。

我们今天写词用什么韵？

我们今天写词用什么韵？这个问题，可以从两个不同的角度来探讨。

1. 现实的角度。现在全国各地的各种诗词大赛，公告中多半会明确规定：词作用韵，以清人戈载所编《词林正韵》为准。如果您参赛，问题很简单，请遵照公告执行。如果您不参赛，只是自娱自乐，或与词友们交流，那么我想告诉您：《词林正韵》并不是填词用韵的“金科玉律”。它只是“最不坏”的一部词韵！

这就引出了第2个角度，即学术的角度、学理的角度、科学的角度。这是我的个人见解，是否够“学术”？是否符合“学理”？是否称得上“科学”？先听我说完，大家再思考，再评判。

我之所以说《词林正韵》是“最不坏”的一部词韵，而不说它是“最好的”一部词韵，是因为它基本上是好的，但也有一些比较严重的问题，不能无条件地加以肯定。说它“最不坏”，意味着与其他词韵相比，它还是优点较多，也比较实用的。它最大的功劳，是把近体诗106/107个韵目的诗韵，合并为19部的词韵，大体上能够反映唐宋人，特别是宋人填词押韵的一般情况。例如，“东方”的“东”与“冬天”的“冬”，在近体诗的诗韵里，不是同一个韵目，不能通押；在《词林正韵》里，归并到了第一部，可以通押了。“长江”的“江”与“太阳”的“阳”，在近体诗的诗韵里，不是同一个韵目，不能通押；在《词林正韵》里，归并到了第二部，可以通押了。“鱼虾”的“鱼”与“虞姬（霸王别姬的那位虞姬，楚霸王项羽的爱姬）”的“虞”，在近体诗的诗韵里，不是同一个韵目，不能通押；在《词林正韵》里，归并到了第四部，可以通押了。“萧何”的“萧”，“菜肴”的“肴”与“豪杰”的“豪”，在近体诗的诗韵里，不是同一个韵目，不能通押；在《词林正韵》里，归并到了第八部，可以通押了。“甲乙丙丁戊己庚辛”的“庚”，“青年”的“青”与“水蒸气”的“蒸”，在近体诗的诗韵里，不是同一个韵目，不能通押；在《词林正韵》里，归并到了第十一部，可以通押了。如此等等，不多举了。

《词林正韵》最严重的问题在哪里呢？在于它并不完全符合唐宋人，特别是宋人填词用韵的实际情况。

唐宋人填词用韵，是没有“国标”，即“国家标准”的。国家并没有组织专人编制词韵，并以国家或国家有关主管部门的名义发布。道理很简单，因为词不是国家考试——选拔官员的科举考试的科目及文体。这和近体诗的情况不一样。近体诗中的某些文体是国家科举考试文体，合格与否，事关国家官员的选拔任用，干系重大，故必须有“国家标准”的诗韵，否则阅卷时取舍便没有依据。词，一般来说（特殊情况除外，比如国家的某些礼仪活动，也用得到词，但不经常），充其量只是从宫廷到官府到市井百姓的大众娱乐节目及文体，其性质与今天的“卡拉 OK”也相差不了多少，有必要制定“国标”吗？因此，唐宋人，特别是宋人，填词押韵是比较自由的，比写近体诗所用的由国家制定并颁布的韵要宽泛得多。可以按照当时实际通用的语音来押韵，甚至可以按照自己家乡的地方音来押韵。谁也不会好事到心血来潮，个人编制什么词韵；编了也不会有人理睬。当然，也不是没有例外。据文献记载，南宋前期，约当宋高宗、宋孝宗时期，著名官员词人朱敦儒曾经编过《应制词韵十六条》。因为高宗、孝宗都喜欢词，宫廷中有些休闲娱乐活动，会命文学侍从之臣填词以供艺人演唱。虽然不是什么庄重、严肃的场合，但应制填词，要讨皇上的欢心，有擢升官职或获取赏赐等种种好处，还是马虎不得，要当回事来做好它。因此，编本《应制词韵》还是有用处的。这是特殊情况，一笔带过，横竖这本词韵也未能流传下来。

关于宋人按照当时实际通用的语音来押韵的情况，就不多说了。重点说一说宋人按照自己家乡的地方音来押韵这个要害问题。南宋人叶绍翁，就是以“春色满园关不住，一枝红杏出墙来”诗句闻名的那位叶绍翁，他的笔记《四朝闻见录》里记载了宋高宗绍兴年间发生的一桩有趣的事：吴江，即今江苏苏州的吴江区，有一座高大壮丽的垂虹桥。某日，桥洞的顶部发现了龙飞凤舞的墨迹，是一首《洞仙歌》词：

飞梁压水，虹影澄清晓。橘里渔村半烟草。今来古往，物是人非，天地里，唯有江山不老。　　雨巾风帽。四海谁知我。一剑横空几番过。按玉龙、嘶未断，月冷波寒，归去也、林屋洞天无锁。认云屏烟障是吾庐，任满地苍苔，年年不扫。

词后没有作者的落款署名。从词意来看，真像不食人间烟火的仙人所题。一时间，人们哄传，都说题词者是吕洞宾，也就是神话传说“八仙过海”中的“八仙”之一的那位吕洞宾。此事很快传到了宫中，宋高宗读词后笑道：“什么吕洞宾？题词的不过是个福州秀才！”左右都惊讶地请教皇上：“陛下您怎么知道题词的是福州秀才呢？”高宗回答说：“词里押的韵，是福州音啊。”（“神仙”还讲方言吗？再说，吕洞宾“得道成仙”之前，本是今山西芮城人。山西人怎么说福建话？山西在西北，福建在东南，八竿子打不着啊。）原来，“晓”“草”“老”“帽”“扫”等字以 ao 音结尾，而“我”“过”“锁”等字以 uo 音结尾，用其他地方的语音念，都不押韵；只有用福建话的语音念，才押韵。后来，终于查到了题词者，姓林名外，果然是福建人。这人喜欢搞怪，装神弄鬼。他乘夜深人静之时，仰卧在一艘大船的顶篷上，神不知鬼不觉地在桥洞的顶部题写了这首词。大船开走后，水天渺然，人们发现此词墨迹，都想不出它怎么会出现在这十三不靠的地方。百思不得其解，就只能往神仙那头猜了。然而，“作案”者很少有不露马脚的。词人被家乡的土音出卖了，让宋高宗一眼便识破了他的籍贯与身份。古代交通不发达，各地方的人交流的圈子也比较窄。走南闯北、见多识广、通晓各地方言土音的人毕竟是少数。因此，有“比较语音学”知识和经验的人并不多。宋朝有个比较好的制度，即各地方州府长官（相当于今天省会城市和地级市的一把手）在赴任前或卸任后，皇帝常召见他们，进行公务谈话。这些官员多半是进士出身，全国各地人都有，说话的口音各不相同。高宗在位时间长，接见过的操不同地方口音的官员人数也多，有比较，所以能鉴别。

福建人这样押韵的具体个案，并不止林外《洞仙歌》一例。在《全宋词》所收其他福建籍作家的作品里，也有类似的情形。但在《词林正韵》里，“晓”“草”“老”“帽”“扫”等字，在第八部；而“我”“过”“锁”等字，则在第九部，两部不能通押。

因讨论《词林正韵》，顺便说一说已故毛泽东主席《西江月・井冈山》词的用韵：

> 山下旌旗在望，山头鼓角相闻。敌军围困万千重。我自岿然不动。　　早已森严壁垒，更加众志成城。黄洋界上炮声隆，报道敌军宵遁。

所押之韵，“闻”“遁”等字，《词林正韵》收在第六部；而“重”“动”“隆”等字，则收在第一部；“城”字，更收在第十一部，三部不能通押。据此，有人认为毛主席这首词押韵错误，是不懂词律。而有人为毛主席辩护说，毛主席并非不懂词律，他是有意摆脱词律的束缚，不以文害意。

其实，批评者与辩护者都不明白，毛主席这首词，押的是他的家乡湖南话的音韵，符合宋人填词押韵可用方音的先例。湖南话的语音，“闻”念 wen，“重”念 cen，“动”念 den，“城”

念 cen，“隆”念 nen，“遁”念 den，用湖南话的语音来念这首词，押韵完全是正确的、和谐的。

如果说，林外在宋词里只是小作家，可以忽略不计；毛主席是现代人，不好用来作证，那么，下面我们就举宋词里第一流的大作家的作品为例，来论证《词林正韵》的过失。

例如周邦彦，他在北宋曾任国家最高音乐机关大晟乐府长官，是举世公认的宋词格律派大家，谁敢说他不精通音乐、不精通音律？然而他所作的《品令》梅花词：

夜阑人静。月痕寄、梅梢疏影。帘外曲角栏干近。旧携手处，花发雾寒成阵。　　应是不禁愁与恨。纵相逢难问。黛眉曾把春衫印。后期无定。断肠香销尽。

所押之韵，“静”“影”“定”等字，《词林正韵》收在第十一部；而“近”“阵”“恨”“问”“印”“尽”等字，则收在第六部，两部不能通押。

又如姜夔，南宋格律派的大家，既能创作乐曲又能创作歌词，号称与辛弃疾、吴文英分鼎南宋词坛三足，谁敢说他不精通音乐、不精通音律？然而他的词，代表作之一的《长亭怨慢》：

渐吹尽、枝头香絮。是处人家，绿深门户。远浦萦回，暮帆零乱向何许。阅人多矣，谁得似、长亭树。树若有情时，不会得、青青如此。　　日暮。望高城不见，只见乱山无数。韦郎去也，怎忘得、玉环

> 分付。第一是、早早归来，怕红萼、无人为主。算空有并刀，难剪离愁千缕。

所押之韵，“絮”“户”“许”“树”“暮”“数”“付”“主”“缕”等字，《词林正韵》收在第四部；而“此”字，则收在第三部，两部不能通押。

又如张炎，南宋末年著名的格律派词人，其人与姜夔并称“姜张”，其词集《山中白云》与姜夔《白石道人歌曲》并称“双白”，所著《词源》对词的音律有深入探讨，谁敢说他不精通音乐、不精通音律？然而他所作的《忆旧游·大都长春宫即旧之太极宫也》一词：

> 看方壶拥翠，太极垂光，积雪初晴。阊阖开黄道，正绿章封事，飞上层青。古台半压琪树，引袖拂寒星。见玉冷闲坡，金明邃宇，人住深清。
>
> 幽寻。自来去，对华表千年，天籁无声。别有长生路，看花开花落，何处无春。露台深锁丹气，隔水唤青禽。尚记得归时，鹤衣散影都是云。

所押之韵，“晴”“青”“星”“清”“声”等字，《词林正韵》收在第十一部；而“寻”“春”“云”等字，则收在第六部；“禽”字，更收在第十三部，三部不能通押。

诸如此类的例子，不胜枚举。由于时间关系，我们也只好点到为止，不能放开细说了。试想，宋代是词的鼎盛时期，宋词已经成了经典，是我们今天填词的范本，而周邦彦、姜夔、张炎等又是最精通音律、最讲究格律的宋词大家，如果他们活到今天，写词来参加各种以《词林正韵》为用韵标准的大赛，恐怕连“格律审查关”都过不了，第一轮便淘汰出局，更甭说入围、获奖了。这难道还不荒唐吗？难道不是滑天下之大稽吗？

词的押韵与近体诗有何异同？

近体诗所押的韵，是“国标”，106个韵目的诗韵，主要是其中30个韵目的平声韵。分目比较细、比较严。

而词所押的韵，则没有“国标”。唐宋人，特别是宋人，填词用韵，比较自由，可以按照当时实际通用的语音来押韵，甚至可以按照自己家乡的地方音来押韵。即便现当代许多人主张使用的《词林正韵》，也已将近体诗的106韵合并为19部，宽泛多了。

因此，从“所用之韵”这个角度来看，是词宽缓而近体诗严苛。但如果从“押韵方式”的角度来看，则是词复杂而近体诗简单。此话怎讲？近体诗除少数特例外，一般只押平声韵，且一韵到底，不允许换韵。是不是很简单？而词则复杂多了。

龙榆生先生的《唐宋词格律》，把词的押韵方式分为五类：

1. 平韵格。即通首押一部平声韵。

2. 仄韵格。即通首押一部仄声韵。

这两种格式，都是一韵到底，不允许换韵，与近体诗的押韵方式同类，不用多说。着重说词的格律中有而近体诗的格律中没有的另外三种押韵格式。

3. 平仄韵转换格。即通首押两部及两部以上的韵，先押一部韵，中途再换用他韵，且可以多次换韵。如《虞美人》，以南唐李后主李煜所作为例：

春花秋月何时了。往事知多少。小楼昨夜又东风。故国不堪回首月明中。　　雕栏玉砌应犹在。只是朱颜改。问君能有几多愁。恰似一江春水向东流。

就两句一换韵，全篇共押了四部不同的韵，两仄两平相间。

4. 平仄韵通叶格。即在本部韵内，平仄韵通押。如《西江月》，以南宋辛弃疾所作《西江月 · 夜行黄沙道中》为例：

明月别枝惊鹊，清风半夜鸣蝉。稻花香里说丰年。听取蛙声一片。　　七八个星天外，两三点雨山前。旧时茅店社林边。路转溪桥忽见。

所押之韵，“蝉”“年”“片”“前”“边”“见”六字，都在同一个韵部。但“蝉”“年”“前”“边”四字为平声，“片”和“见”二字却是仄声。

5. 平仄韵错叶格。即一首之内，两部及其以上不同韵部的韵交错着押。如《定风波》，以北宋苏轼所作《定风波 · 三月七日沙湖道中遇雨》为例：

莫听穿林打叶声。何妨吟啸且徐行。竹杖芒鞋轻胜马。谁怕。一蓑烟雨任平生。　　料峭春风吹酒醒。

微冷。山头斜照却相迎。回首向来潇洒处。归去。也无风雨也无晴。

所押之韵，“声”“行”“生”“迎”“晴”五字属于同一部平声韵；“马”“怕”二字属于另一部仄声韵；“醒”“冷”二字与“声”“行”“生”“迎”“晴”五字同部，但为仄声；“处”“去”二字属于又一部仄声韵。

以上所举词调，押韵格式都属于格律的刚性规定，作者只能被动执行。但在实际的创作中，还有一种情形需要补充说明，即格律并没有刚性的规定，而作者主动选择了难度更高的押韵格式。例如《水调歌头》，只要按“平韵格”来写，押一部平声韵就可以了，但北宋词人贺铸却把它写成了“平仄韵通叶格”：

台城游

南国本潇洒。六代浸豪奢。台城游冶。襞笺能赋属宫娃。云观登临清夏。璧月留连长夜。吟醉送年华。回首飞鸳瓦。却羡井中蛙。　　访乌衣，成白社。不容车。旧时王谢。堂前双燕过谁家。楼外河横斗挂。淮上潮平霜下。樯影落寒沙。商女篷窗罅。犹唱后庭花。

苏轼则把它写成了“平仄韵错叶格”：

丙辰中秋，欢饮达旦，大醉。作此篇，兼怀子由

明月几时有，把酒问青天。不知天上宫阙，今夕是何年。我欲乘风归去，又恐琼楼玉宇，高处不胜

寒。起舞弄清影，何似在人间。　　转朱阁，低绮户，照无眠。不应有恨，何事长向别时圆。人有悲欢离合，月有阴晴圆缺，此事古难全。但愿人长久，千里共婵娟。

其中“我欲乘风归去，又恐琼楼玉宇”二句，“去”和“宇”押韵；“人有悲欢离合，月有阴晴圆缺”二句，“合”与“缺”押韵。

词中押韵方式的“复杂”，还不止这些。例如：近体诗的押韵，格律的刚性规定是，凡偶数句必须押韵。至于奇数句，除首句以平声字结尾者必须押韵外，其他各句都不须押韵。也就是说，押韵句位比较固定，规矩很简单。而词则复杂得多，不同的词调，有不同的押韵句位。押韵句位的疏朗与密集，也各各不一。不管是奇数句还是偶数句，按格律的规定，该押韵的句位就一定得押。至于可以不押韵的句位，爱押不押，就随你便了。

又如：词中还有二字“短韵”，多用于分两段的词，下片的开头，被称为“换头”的部位。例如北宋著名词人柳永的《黄莺儿》：

园林晴昼春谁主。暖律潜催，幽谷暄和，黄鹂翩翩，乍迁芳树。观露湿缕金衣，叶映如簧语。晓来枝上绵蛮，似把芳心、深意低诉。　　无据。乍出暖烟来，又趁游蜂去。恣狂踪迹，两两相呼，终朝雾吟风舞。当上苑柳秾时，别馆花深处。此际海燕偏饶，都把韶光与。

很多词调在“换头”时都有这样押“短韵”的例证。有时不仅用在“换头”处，也可用于他处。例如柳永的《木兰花慢》：

> 拆桐花烂漫，乍疏雨、洗清明。正艳杏烧林，缃桃绣野，芳景如屏。倾城。尽寻胜去，骤雕鞍绀幰出郊坰。风暖繁弦脆管，万家竞奏新声。　　盈盈。斗草踏青。人艳冶、递逢迎。向路旁往往，遗簪堕珥，珠翠纵横。欢情。对佳丽地，信金罍罄竭玉山倾。拚却明朝永日，画堂一枕春酲。

上片的“倾城”，下片的“欢情”，与换头的“盈盈”一样，都押了短韵。作者有三首《木兰花慢》，都在相同的句位押了短韵，可见是格律的“刚需”。像这样押短韵的方式，也是近体诗里所没有的。

词的平仄与近体诗有何异同？

近体诗的平仄，以平仄相间，相互制衡为基本原则，追求的是声律和谐之美。句与句之间的组接，一般是“对粘对粘对”，有规律可循。字句的平仄，严于节奏点，宽于非节奏点，故有“一三五不论，二四六分明”的口诀，虽非一定不易之论，却也大体说得过去。一联之中，上句即出句平仄较宽，下句即对句平仄较严。拗句、孤平等还可以“救”。总之，有适度的弹性。

而词，原本入乐应歌，声律要服从音律。追求的不是，或不仅是声律之美，更重要的是音律之美。一旦词乐失坠，退而求其次，专考究其声律，则其平仄势必不可能如原本就只讲究声律的近体诗那样四平八稳。因此，词的平仄，有些词调较为和谐，与近体诗差别不大；有些词调则声律拗怒，与近体诗差别甚大。例如北宋周邦彦的《浣溪沙慢》：

水竹旧院落，樱笋新蔬果。嫩英翠幄，红杏交榴火。心事暗卜，叶底寻双朵。深夜归青琐。灯尽酒醒

> 时，晓窗明、钗横鬓亸。　　怎生那。被间阻时多。奈愁肠数叠，幽恨万端，好梦还惊破。可怪近来，传语也无个。莫是瞋人呵。真个若瞋人，却因何、逢人问我。

起句“水竹旧院落”，五字皆仄声。又如南宋格律派著名词人史达祖，其《寿楼春 · 寻春服感念》：

> 裁春衫寻芳。记金刀素手，同在晴窗。几度因风残絮，照花斜阳。谁念我，今无肠。自少年、消磨疏狂。但听雨挑灯，攲床病酒，多梦睡时妆。　　飞花去，良宵长。有丝阑旧曲，金谱新腔。最恨湘云人散，楚兰魂伤。身是客，愁为乡。算玉箫、犹逢韦郎。近寒食人家，相思未忘苹藻香。

起句“裁春衫寻芳”，五字皆平声。

五字皆仄声，近体诗里偶或有之，但下句必须作“平平平仄平”或“仄平平仄平”，第三字必用平声字以“救”之。而五字皆平声，则近体诗里一般是不允许的。

总之，近体诗里的什么“粘对”啦，“拗救”啦，“一三五不论，二四六分明”啦，词里一般是不讲的。词的字声或平或仄，可平可仄，在词谱里是刚性规定，按谱老老实实去填就好。除非你词学精湛，深造有得，能拿出真凭实据证明词谱“不靠谱”。

结论：近体诗的平仄，有一定的规律，有适度的弹性；而词的平仄，因不同之调而异，因不同之体而异，既没有统一的规律，也缺乏回旋的余地。

词的对仗与近体诗有何异同？

在近体诗里，除了绝句，对仗是“刚需”，是“规定动作”，特别是排律。而在词里，对仗不是“刚需”，不是“规定动作”，只是“自选动作”。

理论上是这样说，但在实际操作中，许多词调的特定句位，还是有很多作家主动选择使用对仗。这样做的人多了，就成了一种“约定俗成”。就像磁铁一样，吸引了越来越多的词人“随大流”。因此，对仗在词里出现的频率还是非常高的。

近体诗里对仗的那些花样，词里一般也都有。而词里特有的、常见的一些对仗花样，近体诗里就不一定有，或比较罕见了。例如“鼎足对”：

［宋］张先《行香子》

舞雪歌云。闲淡妆匀。蓝溪水、深染轻裙。酒香醺脸，粉色生春。更巧谈话，美情性，好精神。

江空无畔，凌波何处，月桥边、青柳朱门。断钟残角，又送黄昏。奈心中事，眼中泪，意中人。

此词中的“巧谈话，美情性，好精神”，“心中事，眼中泪，意中人”，便是“鼎足对”。鼎有三只脚，故三句的对仗称“鼎足对”。近体诗里，一联两句，两联四句，没有以三句为一个单元的，因此不可能有“鼎足对”。

又如“扇面对”：

［宋］辛弃疾《沁园春·灵山齐庵赋，时筑偃湖未成》

叠嶂西驰，万马回旋，众山欲东。正惊湍直下，跳珠倒溅，小桥横截，缺月初弓。老合投闲，天教多事，检校长身十万松。吾庐小，在龙蛇影外，风雨声中。　　争先见面重重。看爽气朝来三数峰。似谢家子弟，衣冠磊落，相如庭户，车骑雍容。我觉其间，雄深雅健，如对文章太史公。新堤路，问偃湖何日，烟水濛濛。

所谓“扇面对”，又叫“隔句对”，以四句为一个单元，组成两个对仗，第一句对第三句，第二句对第四句。如此词上片之“惊湍直下，跳珠倒溅，小桥横截，缺月初弓”，即“惊湍直下”对“小桥横截”，“跳珠倒溅”对“缺月初弓”。下片之“谢家子弟，衣冠磊落，相如庭户，车骑雍容”，即“谢家子弟”对“相如庭户”，“衣冠磊落”对“车骑雍容”。

近体诗中，两联四句，具备这样对仗的条件。因此，这样的对仗在近体诗里是有的，如唐人白居易的五律《夜闻筝中弹潇湘送神曲感旧》：

缥缈巫山女，归来七八年。
殷勤湘水曲，留在十三弦。
苦调吟还出，深情咽不传。
万重云水思，今夜月明前。

其前四句便是“扇面对”，第一句“缥缈巫山女”对第三句“殷勤湘水曲”，第二句“归来七八年”对第四句“留在十三弦”。不过，这样的对仗方式在近体诗中毕竟用得不多。而在词里，则比较常见。

以上三篇，都是说关于词的格律与近体诗的异同。总而言之，词的格律比近体诗更繁复。从形式主义美学的角度来看，词这种诗歌文体，可以说是迄今为止中国文学史上最精细、最精巧、最精密、最精微、最精致的文体了。我这里并没有把不同文体分高下的意思。毕竟，“形式”只是“器”，是“形而下”的东西，不能和“形而上”的“道”相提并论。词是“苏州园林”，即便“巧夺天工”，也替代不了其他世界自然与文化遗产。如果我们把诗词的各种文体比作“兵器”的话，那么，花样特别多的词，也只是“十八般兵器”加各种各样稀奇古怪的“暗器”而已。并不是说你要得这些兵器加暗器，就是“武林第一高手”了。还要看你的武功修为达到了什么层次。武功修为低，会耍的兵器再多再复杂也不管用；武功修为高，只凭一根“少林棍”，一把“武当剑”，也能“打遍天下无敌手”！明白这个道理，我们学习诗词格律与创作，就知道最该努力的方向是什么了。

词的选题与诗有区别吗？

词的选题，即题材、内容。我个人认为，它与其他诗歌样式没有什么特别的不同。如时政，如亲情、爱情、友情，如山水，如咏怀、咏物，如咏史怀古，如咏节令，等等，无一不可以用词这种样式来写。

但并不是所有的词人都赞同这一点。从古到今，都有人坚持认为，词更适合写爱情，表现两性关系方面的内容。

这有没有道理呢？也是有一定道理的。因为词的初始阶段，主要作为歌词来唱的阶段，具体来说，唐五代直至北宋前期，“婉约派”“格律派”作家的作品，的确是这样的，写爱情，表现两性关系的作品居多。

这是有社会原因的。初盛唐时期社会还比较开放，歌唱演员中男性、女性都有，但以女性为主；听众也不限男女，但以男性为主。到中晚唐，到五代，到宋，总的发展趋势是礼教、理学越来越强化，男女之防越来越严紧。于是，歌者基本固定为女性，而听众基本固定为男性。这也是以男性为中心的封建社会的必然结果。异性相吸引，同性相排斥嘛。

唐宋时期，贵族或达官贵人家里有家妓，官府有官妓，民间也有大量的歌妓舞妓乐妓，即女演员。她们的主要任务，是在各种公家或私人的宴会上表演，陪酒，取悦男性宾客。

大家都知道，在封建社会，女子基本上是没有参政做官、过问国家大事的权利的，教育程度也不高。那么，女性歌者与男性听众之间，还有什么共同关心的话题呢？还有什么共同语言呢？最适配的也只有爱情和两性关系了。

封建时代的婚姻，讲究“门当户对”，讲究“父母之命，媒妁之言”，考虑的多是政治利益、经济利益，并不在乎当事人的感情。这样的婚姻，有“先结婚后恋爱”的喜剧，但更多的是“有婚姻无恋爱”的悲剧。因此，在唐宋时期，“自由恋爱”往往发生在风流才子与年轻貌美的歌妓之间，“婚外恋”的概率是比较高的，尽管结局并没有太多的“大团圆”。此外，“逢场作戏”“相逢开口笑，过后不思量”的，也所在多有。不管怎么说，在这样的情境中产生出来的歌曲和歌词，适应女歌手口吻的柔媚、婉转的曲调，以花前月下、男欢女爱、相思离别为主要内容的歌词占绝大多数，是一点也不奇怪的。这是“常然”，即当时大多数人都这样写，并认为就应该这样写。

北宋时期，像柳永这样的“婉约派”词的大家，在词坛的地位很高，社会影响力也相当大。连偏僻的西北邻邦西夏国（今宁夏一带），也是“凡有井水饮处即能歌柳词”，即只要有人烟的地方，就能唱柳永的词。苏东坡不大服气，曾经问自己手下的幕僚：我的词，与柳永比怎么样？那幕僚很乖巧，不愿明说领导的词不合时宜，便形象地说：柳永的词，只好让十七八岁的女孩儿，手持红牙拍板，唱“杨柳岸晓风残月”（柳永名作《雨霖铃》词中的名句）；苏学士您的词呢，必须由关西大汉持铁绰板，唱“大江东去”（即苏轼的名作《念奴娇·赤壁怀古》词）。这其实是对苏东坡词的委婉的批评。因为按当时的社会风尚和审美情趣，听众欢迎的歌手必然是白皮嫩肉、莺莺燕燕的“李师师”；换上另一位姓李的“关西大汉”，“黑旋风李逵”，李铁牛李大哥，来吼秦腔，听众一定喝倒彩。

但是，“常然”并不等于“当然”。在某个阶段，词人多写这个题材，多写这方面的内容，并不等于词永远都只能这样写，都只该这样写。

任何文体，包括词，从古到今，都是动态发展的，都是活的流程，不是僵死不变的。长江刚从青藏高原唐古拉山发源时，是冰川融化而成的许多条涓涓细流；汇为江河，进入三峡，不再清而浅，一变而狭且深。然而，谁能说长江就该细而浅或狭而深，不该像冲出三峡后奔向大海时那样，一泻千里，波澜壮阔呢？因此，那些固执词只适合写爱情、表现两性关系方面内容的人，是误把词在初始阶段的“常然”认作了“当然”，只看到了长江初发源时的“细而浅”，上游三峡段的“狭而深”，却看不到它冲出三峡后奔向大海时的一泻千里、波澜壮阔！

如果词在发展过程中不因为种种原因而部分地脱离了音乐，不因为词乐失传而彻底地脱离了音乐，直到今天还保持着它的初始状态，或许视其“常然”为“当然”还有理由。然而文学史的实际进程是，自从有了苏轼、辛弃疾等为代表的“豪放派”，词已经不是唐五代“花间派”、两宋“婉约派”“格律派”的一统天下了。如果苏轼、辛弃疾等“豪放派”词人在扩大词的题材、内容、境界等方面的努力失败了，没能写出什么脍炙人口的佳作来，你当然有理由忽略他们，不承认他们。而问题恰恰在于，他们成功了，他们写出了许多传诵千古的不朽之作，蔚为大观，“吸粉”无数！

固执词只适合写爱情、表现两性关系方面内容的人，面对的就是这样一些永远绕不过去的难题：承不承认苏轼、辛弃疾等也是杰出的词人呢？承不承认他们的那些代表作也是词，而且是好词呢？不承认吧，说不过去；而一旦承认，他们的观点也就不攻自破了。

后记

敢称自己是“大学者”的，只有两种人:“无知”的人和“无所不知”的人。“无知”的人，这个世界上有很多。“无所不知”的人，一个也没见过。恐怕只有“上帝”，但“上帝”不是个“人”。

笔者“有知”，更“有所不知”，故“大学者”三字是万万不敢当的。添一个字，“大学学者”，还差不多。因为大半辈子都在高等院校从事教学和学术研究工作。

至于“小文章”，倒是名副其实。不过细想起来，笔者写过的都是“小文章”，也没写过什么可以称得上是“大文章”的文章。再降一等，那么这集子里就都是“小小文章”了。但无论是“小文章”还是“小小文章”，笔者都一样用心去写，并不因其“小小”而漫不经心，随意敷衍。因此从根本上说，这些“小小文章”与“小文章”也没什么区别。只不过所针对的读者为“大众”，而非学术界同行之“小众”，因而篇幅短一点、内容浅一点罢了。也不尽然，也有少量文章本来篇幅较长，编入此集时，按照丛书的统一体例，特意“拆零”了的。也有内容不那么“浅”，由于面向大众，特意出之以“浅”的。

笔者一向认为，写给同行看的专业文章，“频道”一致，只要确有新见，写起来并不难，“深入深出”便是。而写给大众看的、普及专业知识的文章，由于“信息不对称”，必须“深入浅出”，使用尽可能浅近的文字，表达不那么浅薄的见识，那才叫“难”。这集子里的文章，所竭力追求的境界，正是专家读了不觉“浅”，大众读了不觉“深”。虽不能至，心向往之吧。

这些文章，主要是写给当代诗词创作的“发烧友”们看的。话题主要包括：什么是“诗词”？什么是“当代诗词”？当代人应该怎样写诗词？当代人能不能写出可以媲美古人的好诗词？内容涉及诗词理论的阐发，有诗史脉络的梳理，有诗词技法的探讨，有诗词佳作的品评。其间多有笔者独立的思考，不求与他人同而不得不同，不求与他人异而不得不异。有些观点、见识，甚或“颠覆”由于“常然”而被人们以为“当然”的普遍认知。总而言之，全书关注诗词创作界的“热点”，快人快语，风格泼辣，颇有几分重庆、四川火锅的特色，故以“诗词麻辣烫”为名。

“麻辣烫”，味道刺激，故难免于偏激。不当之处，还请读者诸君批评指正。

感谢主编蒋寅兄以及出版社领导的厚爱与提携，使这本小书能与广大读者见面。感谢责任编辑李耘女士的认真和仔细，使这本小书的品质得以提升。感谢所有为这本小书的出版发行，默默付出辛勤劳动的朋友们。

钟振振

2022年10月南京酉卯斋